甘美な恋愛革命

青野ちなつ

Illustration
香坂あきほ

※本作品の内容はすべてフィクションです。
実在の人物・団体・事件などには一切関係ありません。

CONTENTS

ラヴァーズ・ステップ

カメラの電子音が鳴り響く中、ポケットに手を突っ込む泰生《たいせい》とその泰生の腕に手をかける感じで女性モデルがポージングを繰り返している。タンクトップもざっくり軽いカーディガンもスラックスもすべて白でまとめられた泰生は、クールな眼差しでカメラを睨んでいた。

今回の撮影のために作られたセットは、用意されているインテリアもラグジュアリーな大人の雰囲気で、まさに世界のハイメゾンにふさわしい。

そんな中でもいつもと変わらない圧倒的な存在感を放つ泰生に潤《じゅん》は感嘆のため息をもらすが、相手役の女性モデルはすっかり気圧《けお》されているようだ。

「泰生はいいね。エレナはもう少し表情を作って――」

先ほどからたび重なるカメラマンの指示に、女性モデルは微《かす》かに顔を強ばらせた。

エレナさん、頑張ってください。

見ず知らずの女性モデルだったが、気持ちがわからないでもない潤はつい応援したくなった。

今日は久しぶりのスタジオ見学である。といっても、この後――昼すぎから事務所『tales《ティアレス》』でミーティングが予定されており、その前に泰生の仕事に潤も同行した形だ。

最近では泰生の撮影現場を見学すること自体少なくなっていたから、久しぶりにモデルをしている『タイセイ』を見られて潤はちょっと嬉しい。

ただ――――。

うーん。泰生、すっごく機嫌悪そうだな……。

カメラのファインダーが外されると、泰生の雰囲気がとたんに冷たいものへと変わる。眼光が鋭くなり、不機嫌な表情そのまま、人を拒絶するようにおもむろに腕を組んだ。

それもそのはず。泰生は指示通りポージングを繰り返しているが、クライアントの意向が撮影のたびにころころ変わっていくのだ。さっきは『躍動的に』だったのに、今は『クールビューティー』だ。これではクライアントの意向に応えるのはとても大変で、それに加えて今みたいに女性モデルがNGを連発していることも泰生の機嫌を悪くする原因のようだ。

けれど、そんな泰生の不機嫌さを受けて女性モデルはますます表情を硬くしている。

悪循環だなと潤はハラハラして見守っていたが。

「あ、また何か指示が入ったかな？」

クライアントである壮年の外国人が、またもや撮影を中断させている。泰生の顔が三割増しくらいに凄《すご》みを増した。それを受け、撮影現場の雰囲気もピンッと張りつめていく。

スタジオの冷え切った空気がいたたまれなくて、潤は視線を逸らして壁に倚《よ》りかかった。

三月も終盤に入った今日、泰生の事務所で行われるミーティングでは先々週に開催された八《や》束《つか》のイベントに関する報告と、何か新しい仕事も発表されるらしい。

次はどんな演出の仕事なのか、実はまだ潤も知らなかった。

泰生に聞いたら内容は教えてくれただろうが、何やら楽しげに構想を練っているのを邪魔したくなかったこともあり、今日の発表まで潤はうずうずして待っていたのだ。

でも、次の仕事はあんまり手伝えないかなぁ……。

前回の八束のイベントでは、泰生の仕事を知るという名目で潤もずいぶんかかわることが出来た。泰生が動く先にはほとんどついていっただろう。その分、大学の勉強の方は非常に大変だったけれど。

しかし、今度はきっとそんな風に動くことは出来ない。前回が特別だったのだ。何より大学生という立場上、勉学を疎《おろそ》かにしてこれ以上別のことにかまけるのは自分でも許せないし、泰生もさせてくれないはずだ。けれどそうなると、一体どのくらい泰生のアシストが出来るのか。

そんなことをぼんやり考えるうちに、また撮影は再開されたようだ。

潤も気を取り直して泰生の撮影を見ていると、隣に誰かが立ったことに気付いた。視線を感じて横を向くと、知らない男性が自分を見ていて潤は不審に思う。エネルギッシュを絵に描いたような四十代ほどの男性は、じろじろと遠慮のない眼差しを潤に寄越してきていた。

「あの……？」

「遠くで見てて思ったんだけど、うんっ。君、すごくいいね！」

両肩を摑まれて正面を向かされたと思ったとたん、早口で話しかけられる。

「君、モデルにならない？　ぼく、芸能事務所のスカウトもやってるんだ。ほら、あそこで今タイセイと一緒に撮影しているエレナがうちの子。すごいでしょ。タイセイみたいなトップモデルと共演出来るモデルなんてひと握りしかいないよ。でも君なら十分に可能性はある！」

「いえ、興味はありませんから」

「まー、そんなことを言わずに！　えっと、日本とどこのハーフ？　今何歳？　幼く見えるけど、高校生かな。ちょっと背が低いけど、ハーフだったらこれから伸びるか？　しかし、骨格は華奢《きゃしゃ》だな――いや、華奢って売り方も今は逆にいいかもしれない」

「わっ、ちょっと何を……離してください」

何かを確かめるようにジャケットの上から体中を両手で揉むように摑まれて、その気持ち悪さに潤は慌てて男から距離を取ろうとした。が、嫌がる潤など目にも入らないように、今度は無理やり前髪をかき上げられて顔を覗き込んでくる。

「やめてください。あの、本当にモデルには――」

「いいよ、実にいい。十年に一度現れるかどうかの逸材だ！　やっぱりハーフは目がきれいだね。顔立ちのバランスもいい。あ、もしかしてもうモデルだったりするのか？　どっか事務所に所属してたり？　いやでも業界で君を見たことはないから、大した売り方はされてないんだろう。だったらうちに来なさい。うちだったら一年後にはトップモデルにしてあげるよ」

「あのっ、おれはモデルには興味がないので。本当に触らないでください。離して」

知らない人間からここまで距離をつめられ、触られたり捲し立てられたりするのは苦手だ。撮影の邪魔にならないように潤は声をひそめていたけれど、それでは必死さは伝わらないのか、拘束はいっこうに緩まない。潤の話をまったく聞いてくれないことにも閉口した。

困っていると、背後が大きく騒《ざわ》ついたことに気付いた。振り返ろうとしたとき、潤を拘束していた男の腕を横から伸びた手が摑んだ。

「何やってんだ、おっさん」

「痛っ、いたたたっ」

「撮影中に、なに人のもんにべたべた触ってんだよ。あんた、誰？　あの女のマネージャーか何かか？　覚悟してこいつに手ぇ出してんだろうな」

「ひぇっ、タッ…タイセイっ⁉」

男は飛び上がるほど驚いている。解放された潤はほっとして男から距離を取った。

「こんなとこでスカウトする暇があったら、自分とこのモデルをもう少し使えるように指導しとけ。何回NG出してんだよ」

機嫌の悪さも相まって泰生から切り裂くような眼差しで見すえられた男は、真っ青な顔で震え上がる。泰生が男の腕を放すとすごい勢いで後ずさっていった。

「泰生、ありがとうございました——…あっ、えっ、そうだ。撮影は⁉」

礼を言いかけて今が撮影中であるのを思い出した潤が青くなると、じろりと見下ろされる。

「勝手に触られんな」

ぴしゃりと冷たく言われて、潤は唇を噛んだ。

「すみませんでした。撮影の邪魔をしてしまって……」

せっかく久しぶりにモデルの撮影に連れてきてもらったのに。外部の自分がトラブルに巻き込まれて泰生の邪魔をするなんて、絶対やってはいけないことだったのに。

しゅんと反省する潤に、頭上でため息がつかれた。思わずびくりと体が震える。

「行くぞ」

ばつが悪いように頭をかいて呟くと、泰生は潤の肩を抱き込むようにして歩き出した。

そのままスタジオを出て行こうとする泰生に潤は慌てて背後を見ると、あ然とこちらに顔を向けているカメラマンやスタッフたちと目が合う。

「ひっ」

「何だ？」

「あのっ、撮影！　まだ撮影は終わってないんじゃないですか⁉」

「終わりだ。あれでまだ文句を言うようじゃ、おれはやってられない。あの出来でNGなんか言わせねぇよ」

傲慢《ごうまん》な発言だったが、潤の耳にはトップモデルであり続ける泰生の矜持《きょうじ》がひしひしと伝わってきた。真っ直ぐに前を射すくめるような黒瞳の鋭さも誇り高い大人の男という感じで、潤は心臓がドキドキする。

うぅ…かっこいいっ。

思わず見とれてしまった。泰生に肩を抱かれているため、前を見なくても問題なく歩けているせいもある。だから、泰生に部屋へ連れ込まれても潤は気付きもしなかった。

「んで──」

入ってすぐの壁の前に立たされ、泰生が見下ろしてくる。長い両腕が、潤を挟むように伸びてきた。顔のすぐ横の壁に泰生が手をつく。

「──どこを触られた」

すぐ間近から見下ろしてくるのは、潤の心を一瞬で奪っていく強い瞳だ。未だ不機嫌さの抜けない眼差しは、ゾクゾクするほど凄みがあった。

「ベタベタ触られやがって、おまえは一体誰のもんだよ」

「えっと、えっと、泰生……?」

上目遣いに泰生を窺いながら潤が答えると、じろりと睨まれた。

「疑問形にすんな、バカ潤が。それ以外の誰のもんだよ。だったら、大人しくおれだけに触られてろ。他のヤツに触られんな」

「はいっ、ごめんなさい」

暴君なセリフだったが勢いよく言われて、潤もつられて元気よく返事をした。ついでに、謝罪の言葉も飛び出してしまう。そんな潤に、泰生が一瞬だけ笑いかける。が、すぐにまた思い出したように鼻の付け根にたっぷりのシワを寄せた。

「それにしてもムカつくな。おれが撮影で動けないのをいいことに、潤にやりたい放題だった

じゃねぇか。何だ、あのオッサン。おれにケンカ売ってんのか」

「そんなことないと思いますけど。それより、その…本当に撮影の方は大丈夫ですか？」

少し冷静さを取り戻したような泰生に、潤は気になっていたことを改めて訊ねてみた。

確かにずいぶん撮り直しさせられていたが、終了の合図なしに終わりにしていいのか。

「心配ない。悪いとしたらクライアント側だしな。最初にもらったテーマの撮影はきちんと終わらせてんだ。それを何を勘違いしてか、初めて撮影に立ち会ったヤツが好き勝手に振り回すもんじゃねぇんだよ。それでもヤツの顔を立てて、このおれがあそこまで付き合ってやったんだ。それで十分だろ」

事もなげに言う泰生を見て、大丈夫なのだろうとようやく確信が出来た。

それに今は、まだどこかぴりぴりしている泰生の方を気にするべきだ。トーンダウンしたとはいえ、未だに神経を尖らせている感じがする。同じく、潤自身もちょっと落ち着かずにいた。

「泰生、あの……手を貸してもらっていいですか？」

潤は泰生の手を取ると、そっと前髪辺りに押し当てる。大きな手でさわさわと前髪に触ってもらうと、ほっと肩から力が抜けていくようだ。

「何だ？　あぁ、さっきの芸能事務所のオッサンが触ってたな。気持ち悪いか？」

「はい、何かざわざわして」

泰生の手は今は自身の意思で動いていた。潤の前髪をすき上げて撫でつけ、顔にかかった髪を耳へとかけてくれる。額を触り、こめかみを擦《こす》って、頬を包むように動いた。

「他はどこ触られた」

「肩と腕です」

思い出すと、知らず体が震えた。それに気付いた泰生が舌打ちする。

「やっぱもっときつく言うべきだった」

「えぇっ、あれ以上ですか？」

芸能事務所の男には潤から見れば泰生はずいぶんきついことを言っていたはずで、だから顔色を変えて逃げていったのではないか。気の毒にと潤が思ったくらいに。

「ほら、触ってやるからどこか教えろ」

泰生に言われて、潤は肩に自分で触れる。その場所に泰生の手が当てられた。続けて二の腕に、肘に手首に。

「潤がジャケットを着てたから骨格を見たんだろうな。目のつけ所は悪くないが、潤に手を出したのが間違いだ」

この後仕事があることを考えて、今日はストライプ柄のクレリックシャツとチノパンの上にジャケットを羽織っていた。それで見た目では潤の体格がわからなかったらしい。

そうか。骨格を見るために触ることはそんなにおかしくないのか。

けれど、あの時はとにかくびっくりした。強引すぎる接触に、肌には直接触れられていないのに、男の脂ぎったような手の感覚が服を通して伝わってきた。

そんな心が騒ついたような感じも、泰生に触れてもらうとゆっくり凪《な》いでいく。

それに、潤は泰生にこそ気持ちを穏やかにして欲しいという思いがあった。

人の体温に触れると神経が宥《なだ》められることを潤は身をもって知っている。自分に触れることで泰生のピリピリした感じが少しでもなくなればと願ったが、どうやら成功したようだ。

「体が温まってきたな。少しは落ち着いたか」

すっかり険の取れた眼差しに、潤は頷いた。思わずほっと笑みもこぼれる。そんな潤に、泰生も何かを察したのか微苦笑して表情を緩めた。

「ったく、潤には敵わねぇな。ご褒美《ほうび》に、ここも消毒しといてやる」

泰生の顔が近付いてくる。

温かな唇が潤のそれに触れて、心地よさにため息がもれそうになった。髪を優しく撫でつけながら、鼻先や額にも柔らかいキスを落としてくれる。

夏物のカーディガンを着た腕に触れ、泰生のキスに潤はうっとりと身を任せた。

しかし不穏な気配を感じたのは、泰生の唇が首筋へと移動したからだ。優しく動いていた指先は潤のシャツの襟元辺りでごそごそしている。

潤が目を開けるのと、泰生の手がシャツの内側へ入り込んでくるのは同時だった。

「泰生っ」

「だから、消毒だろ」

むっと見上げると、泰生は悪戯《いたずら》っぽく瞳を輝かせる。

泰生の顔から不機嫌さが抜けたのは嬉しいが、こんな表情は厄介だ。楽しいことを見つけたいじめっ子は、標的を絶対逃さない。

「でも、泰生っ。こんな場所で——…っん」

「おれの控室だぜ？　おれの許可なしに入ってこられるヤツなんかいねぇよ」

「でも、でもっ……あぅっ」

「いいから、潤は黙って清められてろ」

鎖骨のラインを触られて、胸板を確かめるように蠢《うごめ》く手が胸の突起をかすめると、思わずびくんと腰が引けた。反応に気をよくしたみたいに、指先で尖りを潰されて潤は悲鳴を上げる。

「ゃ、ぁうっ——っ…」

まるで意識をいやらしく変換するスイッチでも押されたみたいに体の奥から情動が突き上げてきた。腰に浸潤《しんじゅん》すると、それは呼び水のように官能を引き出していく。

かりかりと指先で乳首を引っかけられ爪でゆるく抉《えぐ》られると、素直に腰が揺れてしまう。

「あーやっぱ潤はいいよな」

しみじみ呟いて、泰生が潤の首筋に囓りついてきた。薄い皮ふに歯牙が食い込んでくる感覚がゾクゾクする。歯形がついただろう皮ふを、今度はぞろりと舐められた。

まるで肉食獣が獲物を屠《ほふ》る準備のようなしぐさに、腰の奥がじんと甘く疼く。これから泰生に食べられる——そう考えると、屠ってもらうために自ら首を差し出したくなった。

「ぁ…泰っせ、ぁ、あっ」

「何だよ。嫌だって言ってたわりには、ノリノリじゃねぇか」

「んんっ……ち…がぁ、ぁ——っふ……」

「違うって、これでもか？」

笑い交じりに触れられたのは、潤の屹立だった。

いつの間にかチノパンを緩められており、差し入れられた泰生の手によって潤の粗相がさらされていた。勃ち上がった欲望はじんわりと雫《しずく》をにじませていたのだ。

「あっ……っは、んんっ」

「ここも消毒が必要か？　こんなにぬらしやがって」

楽しそうに欲望の先端に指を這わせて雫を茎の全体へとぬり込んでいく。

「おら、消毒が必要かって聞いてんだ。答えろよ？」

婀娜《あだ》な微笑みで促され、潤は喉を鳴らした。

ついさっきまでライトの下で冷ややかに睥睨《へいげい》していた黒瞳が、今は官能で熱く滾《たぎ》っている。

凄絶な色気が漂う泰生の表情に、潤は煽《あお》られるように肯定していた。

「ん、んんっ……必要、必要だか…らっ」

「あー、ゾクゾクする。けど、もうひと声いこうぜ。潤──清めは手でやって欲しいか？　それともこっちにするか？」

泰生が潤の手を取って、自らのスラックスの前へと押し当てる。スラックス越しでもわかる泰生の股間の膨らみに、耳の後ろがざぁっと鳥肌立った。

「ほら、どっちがいい？」

泰生はしゃべりながらも潤の欲望への悪戯をやめない。やわやわと揉み込まれて、ときに先端に爪を立てていく。茎に指を這わせたと思ったら上下に擦られた。

「ぁ、泰…泰せ、ゃん、ん、んっ」

「潤。答えねぇと、泣き叫ぶまでいじめるぜ。手とこっち、どっちがいいんだって？」

「手！　手がいい──やぅっ」

「こぉら、違うだろ。何間違えてんだよ。もう一度聞くぜ、どっちだ？」

泰生が選ばせたいのは最初から決まっていたらしい。屹立を強く摑まれて、潤は体を竦める。甘く泰生を見上げて、手を当てている泰生のスラックスをそっと押した。

「こっち、こっちで……してください」

恥ずかしさに涙さえにじんでくる。

「いい子だ」

そんな潤の額に泰生はご褒美のようにキスをして、楽しげに自らのスラックスを寛げていった。転《まろ》び出てきた怒張から潤は目を離せない。

「っ、ん」

潤の欲望と自分のと泰生がふたつを一緒に握ると、敏感すぎる場所で感じる温度と固さの違いに潤は息が乱れた。

「ぁ、でもっ……撮影、服……汚しちゃう」

「そうだな。まぁでも、そん時は買い取ればいいし」

「ぁんっ……っ、でもでもっ……ひっ」

「仕方ねぇな。タオルを持ってきてやる」

一度離れた泰生が、近くの椅子にあったタオルを手に戻ってくる。

壁にもたれるように立たせられて腰を引き寄せられ、密着した下肢の間で触れ合うふたつの熱塊を泰生はまた大きな手で握った。今度はタオル越しにだ。

そのままゆっくり動かし始める。

「ぁ、ぁ、っ…あぁっ」

泰生と一緒に快楽を追っていることが、互いに欲望を触れ合わせていることで如実に伝わってくる。潤が快感に欲望を痙攣させると、泰生も温度を上げていく。泰生の熱を感じて、潤はさらに昂《たかぶ》っていった。

「っ…ひ…っん……っ…」

「ほら、もっと声出せよ。おれをその気にさせろ」

すぐ間近で泰生が荒い息をついている。

自分が泰生を欲情させている――そう思うと、背筋がゾクゾクするほど嬉しかった。

潤の限界はすぐそこまで来ている。泰生も間もなくなのか、欲望をしごく手の動きは次第に激しくなっていった。

「つぁ……やっぅ」

「潤……」

迫り来る愉悦に喉をさらして喘ぐ潤を、泰生がきつく抱きしめてくる。痛いくらいの抱擁だが、その痛みさえ今は快感にすり替わっていった。

「ぁ、ダメ……ぁ、あっ、もっ……」

熱塊を握る泰生の腕に爪を立てて訴えると、泰生が忍び笑いをもらしたのを聞いた。

「いいぜ、一緒にいってやる。おまえを清めてやらなきゃな」

「ぁ、ぁ…っ――…っ」

「つぅう」

強く擦り上げられて、潤はその瞬間声も上げられなかった。泰生と一緒にいけたことは、抱きしめる恋人の体が緊張したことで知る。それが潤にさらなる快楽をもたらした。

「――以上が八束さんのオープニングイベントでの報告ね。数字まで詳しく知りたければ、事前に送ったデータで確認してちょうだい」

顎のラインで切りそろえた黒髪をさらりと揺らして、事務所スタッフの黒木《くろき》がテーブルのパソコンに手を置く。促されて、潤も手持ちのパソコンで資料のデータをスクロールした。

泰生の事務所『t.ales』では、先々週に行われた八束のブランド『Laplace《ラプラス》』のイベントに関するミーティングが行われていた。

あそこでやっていたんだよなぁ。

潤はちょっと不思議な気持ちで窓の外を見下ろす。

大きな窓から眼下に望める中庭は、ついこの前行われた華やかなパーティーが嘘のように静まり返っていた。たっぷりと暖かな日差しが差し込んでおり、まさにうららかな春の様相だ。

セントラルヒーティングで調整されている事務所の室内は暑さ寒さなど関係ないのに、春の日差しを見ているだけでぽかぽかとした気分になり、何だか眠くなってくる。

「っと……」

しかし今はミーティング中で、のんびりとした気分ではいられない。潤が背筋を正したタイミングで、白シャツにボヘミアン風のストールを巻きつけた泰生が声を上げた。

「んじゃ、次。新しい仕事の話な。といっても、次も八束関連だ。ユースコレってファッションイベントでの演出だが、時期は八月、場所は――」

皆の注目を集めて泰生が話し出したのは、事務所が新しく受けた演出の仕事だ。

「へぇ。ユースコレって、あれだろ？　以前に泰生たちが一から企画したってヤツ。そっか、今度はファッションショーを演出するんだ？」

楽しそうな声を上げたのはもうひとりの事務所スタッフのレンツォだ。イタリアと日本のハーフで高身長に甘い顔立ちのレンツォは、何でもそつなくこなすオールラウンダーで頼りになる。が、女性にめっぽう甘くてそちら関係でしばしばトラブルを起こしているらしい。

そんなレンツォが口にしたユースコレ――正式名称ユースコレクションは、二年前に泰生と八束が日本の若手デザイナーたちを引っ張る形で作り上げたファッションショーだった。

実は、ファッションの世界に潤が初めて接したのもこのユースコレクションで、潤にとっても思い出深いイベントのひとつである。

興味深そうな顔をしたのは潤もだったらしい。潤たち三人の顔を見て、泰生が苦笑した。

「いや、残念ながら今回おれが担当するのは八束のブランドだけだ。でもって、ショーじゃなくてインスタレーションになる」

「あの……インスタレーションって、マネキンに着せる形での展示披露ってことですよね？」

「ノ・ノ・ノ！　答えとして間違ってはないけど、それだけじゃないんだ」

潤が訊ねると、レンツォが立てた人差し指を左右に動かした。

「まぁ、広義に言うとファッションショーは動いて見せる手法で、インスタレーションは静止した形で見せる手法なんだけど、服を着せるのは何もマネキンだけじゃなくて、実際のモデルを使うことも多いんだ。何より、空間そのものをデザイナーのカラーで染め上げるのがこの業界でのインスタレーションの醍醐味《だいごみ》だよね。今回の例で言うと、八束さんが伝えたかったり披露したかったりする世界観を、服だけじゃなくて空間全体を使って表現するってことだね」

「そうか。それを作り上げるのが泰生の仕事なんですね。演出の仕事なんだ」

やっぱり聞いてよかったと潤が思っていると、黒木が納得いかないと眉をひそめる。

「でも——インスタレーションもやり甲斐はあるけど、作品発表の場としてはちょっともの足りないわよね。せっかくならショー形式にすればよかったのに。今はすごく八束さんに注目が集まっているんだから、ここでもっと目立った方がいいのに」

「まぁ、動きがないと服が単調に見えがちなのは間違いないな。八束んとこは布地もいいヤツを使ってるから、動くことで風合いやラインの美しさを見せればいいのにとはおれも思った。ま、八束の判断だし、たぶん今は忙しくて手が回んないんだろ」

肩を竦めて話を締めると、泰生は頬杖をついてレンツォと黒木へと顔を向ける。

「それで、レンツォと黒木には悪いが、今回おまえたちには別の仕事を頼みたいと思っている。今年のユースコレ全体の演出を担当するのは、貴島勝利《きじまかつとし》。最近、フリーになったばっかの新人演出家だ。まぁ、おれも知らない人間じゃないし、失敗してもらうわけにもいかないから、レンツォと黒木にはこいつのフォローをお願いしたい」

「えー？　あんまり気が乗らないなぁ」

とたん、レンツォが不満の声を上げる。黒木も面白くなさそうな顔だ。そんなふたりに、泰生は唇を歪めるように笑った。悪役が見せるようなちょっと黒い笑みだ。

「やり甲斐は十分あると思うぜ？　まだ尻に殻をつけてるようなひよっこ演出家だ。おまえたちが引っ張っていくシーンは山ほどあるはずだし、自分たちの実力を周囲に見せつけるいい機会だと思うがな？」

唆《そそのか》すようなセリフに、レンツォが意を解したとばかりにこちらも悪そうに笑った。

「しょうがないなぁ、ボスの命令なら仕方がない。でも、相手が女の子だったら最初から喜んでフォローしたんだよ。念のために聞くけど、やっぱり男だよね？」

「レンツォ！」

「オウ、怒らないで、さとみ。さとみと一緒に仕事をするんだから、相手は男より女の子の方がいいと思ったんだよ。さとみが他の男と仲良くするのを見るのは、やっぱり妬けるからね」

女性にはとことん甘くて優しいイタリア人の血を濃く受け継ぐレンツォは、普通の会話の中でも女性が喜ぶ言葉をさらりと織り込んでくる。それでぽっとなる黒木ではないけれど、悪い気はしないようだ。困ったようにむぅっと睨みつける黒木の顔は、潤の目から見てもちょっと可愛かった。だが、このふたりが付き合っているかというとそうではないから不思議だ。

「んで、潤はおれのアシスタントだ」

泰生から声をかけられて、潤は急いで意識を戻す。

「今回、演出の準備期間がヨーロッパでのファッションウィークの時期と一部バッティングするんだ。日本を留守にする間、おれの代わりとして動いてもらう予定だから、無理をしない範囲でよろしく頼むぜ」

向けられた視線に、潤はしっかり頷いた。

「あと——貴島とは連絡をつけておくから、レンツォたちは早めに顔を合わせとけ。せっかちなヤツだから、最初にきっちり話し合っておいた方がいいかもな。報告は随時聞く」

泰生のアドバイスにレンツォはげんなりため息をついている。対照的に、キリッと表情を引き締めたのは黒木だ。そうして興味深そうに、泰生へと身を乗り出した。

「それで、ボスは今度のインスタレーションで何をやるつもりなの？」

「今回はテーマを『植物界』とする。先々週のパーティーでのプロジェクションマッピングで見せた飛行船が到着した地は、植物が人間のように闊歩《かっぽ》する異世界だったとして、服の展示ブースを植物の世界に作り替える予定だ。今のところ、空間デザインをクリエーティブ・ラボ『アビノ』に依頼している。あと植物でマネキンを作りたいと思ってるから、そっちは花屋『スノーグース』のフラワーデザイナー・浅香《あさか》に制作してもらうことになった」

泰生の話に、黒木が羨ましそうな顔をした。もともと黒木は泰生と仕事がしたくてこの事務所に押しかけてきた女性である。泰生の演出の方に興味があるのは仕方ないのかもしれない。

「ま、詳しい進捗《しんちょく》状況はその都度報告するし、もしかしたらおまえたちにも動いてもらうことがあるかもしれない。その時はよろしくな」

泰生の言葉に、レンツォも黒木も了承した。

間もなくミーティングは終了し、立ち上がりながら泰生が親指で上を示す。

「潤には渡しておきたいものがある」

促され、事務所の上階にある通称ボス室へと一緒に上がった。泰生の仕事部屋で、ここに入れるのは顔認証の登録がしてある泰生と潤のみだ。

下階より温かい部屋にジャケットを脱いでいると、パソコンを開いた泰生が机へと潤を呼ぶ。

「ユースコレが開催されるのが八月。その前には帰ってくるが、六月はほとんどヨーロッパに行きっぱなしだと思う。あとで潤にもスケジュールを渡しとくから、確認しとけ」

見せられた画面には、泰生のモデルの仕事に関するスケジュールが表示されていた。

泰生が言う六月には、ロンドン・ミラノ・パリの各都市でコレクションショーの仕事が連続して入っていた。しかもミラノコレクションの三日目などは、違うブランドのファッションショーが四つもスケジューリングされている。さらには、そんなコレクションショーの合間にフィレンツェやモナコでパーティーの仕事も入っているという、正に過密スケジュールだ。

泰生のモデルの仕事はいつも曖昧には知っていたが、初めてこうしてスケジュールを見せてもらい、オーバーワーキングぶりに潤は息をのんでしまった。

「泰生、働きすぎです……」

「楽しいから、つい入れちまうんだよな」

「そんなこと言って。泰生は、その上演出の仕事までしてるんですからね」

「仕事は他にもたっぷりあるぜ。一番面倒なのはスケジュール管理ってヤツだ」

泰生は完全フリーで仕事をしているため、日程の調整やギャラの交渉などもすべて自分で行っている。煩雑な仕事らしいが、人任せにはしたくないと泰生は言う。

「以前、事務所に所属してた時期もあったんだが、事務所の付き合いとかでくだらない仕事をさせられたことがあるんだ。そういう煩わしいのがダメでまたフリーに戻った。でも、そろそろ有能なマネージャーでも見つけて任せたいよな。そっちも完全フリーのな」

そこでちらりと潤を見て、泰生が苦笑する。

「本当だったら潤にこそ任せたいが、ファッション業界にごまんといる海千山千の人間と対抗させせんのは酷だよな。ぜってぇ押し切られて泣く羽目になる」

「う〜、すみません」

まさに泰生の言う通りなので、潤は素直に謝っておいた。泰生のスケジュール管理だけならまだしも、ファッション業界の押しの強い人たちとの交渉ごとなど一番苦手とする部類だ。

「あー。こういうの、案外オヤジがいい人材を持ってたりするんだよな」

泰生が頭をかきながら唸った。

「榎《えのき》のおじさまですか？　人徳のある方だから、自然と集まるんでしょうね」

「人徳だぁ？　何の冗談だよ。ただの年の功だろ」

気に食わなそうに鼻の頭にシワを寄せる泰生に、潤は小さく笑う。

「まぁ、そういうことで。六月はもちろんそれ以外でもおれの不在時で何かあったら、おまえに動いてもらうことになるからよろしくな」

泰生の言葉に頷いたあと、潤は改めてスケジュールを見てそっと眉をひそめた。

本当に、いっぱい仕事が入ってるなぁ……。

撮影やショー出演だけではなくパーティーやイベントも泰生にとっては重要な仕事のため、一日のうちに朝から晩まで仕事がぎっしりつまっている日が多い。ここに書いてある以外にも、きっと仕事の打ち合わせや付き合いの飲み会など約束事はたくさんあるはずだ。

その上で交渉ごともすべて自分でやっている泰生の大変さを思うと、そのほんの少しでも自分が肩代わり出来たらと思うが、未熟な自分ではきっと邪魔にしかならないだろう。

せめて演出の仕事では泰生の役に立ちたい。もっと仕事もたくさん受け持ちたかった。

「早く大学を卒業したいなぁ。一緒に働きたい……」

どうにもならない自分の未熟さがもどかしい。

小さく呟いて、潤はきゅっと唇を噛みしめた。

「潤くんってば、いつの間にお酒を飲めるようになったの!? ぼくに黙って二十歳の誕生日を迎えるなんてひどいよ。記念すべき日は一緒に祝いたかったのに！」

ワインをオーダーした潤に愕然とこの世の終わりのような顔を見せたのは、今業界でも注目を受けている新進気鋭のファッションデザイナー・八束啓祐《けいすけ》だ。

長めの髪を無造作に結んで優しげに整った顔立ちの八束は、当たりも柔らかいためにきれいなお姉さん的雰囲気だが、性格は思いのほか男らしくて好戦的だ。今日は黄緑色のシャツにチノパンという爽やかな格好をして、テーブルの向こうから話しかけてくる。

「潤くんには、ずっと高校生でいて欲しかったのにどうして！」

「八束さん、おれはもうとっくに大学生ですよ？」

今日はざっくりしたロングサマーニットにパンツ姿の潤が言うと、八束はそうだったと肩を落とした。眉を下げて困り顔になってしまった潤を見て、八束もようやく笑顔を作る。

「それで、いつが誕生日だったの？」

「この前のゴールデンウィークに。ちょうどイギリスに行っているときだったので、ちょっと特別な感じがしました。えへへ」

「ふふ。可愛いなあ、潤くん。食べちゃいたい」

「もう、八束さんはいつもそんなことを言うんですから」

そう言いながらも、いつだって好意的に接してくれる八束に潤も笑みが浮かんだ。

今日は仕事を兼ねた食事会ということでちょっと緊張していたため、今のやり取りでようやく気持ちも解《ほぐ》れた感じだ。潤は心の中で大いに八束に感謝する。

ゴールデンウイークをすぎた週末。潤は泰生と一緒に飲み会の席にいた。今度のユースコレクションの演出関係者が集まってのランチミーティングならぬディナーミーティングだ。

参加者は潤と泰生、八束のアトリエから他にふたりのスタッフが顔を揃えている。フラワーデザイナーの浅香も出席予定だが、少し遅れているようでまだこの場にはいない。

また、立体造形のアーティストグループであるクリエーティブ・ラボ『アビノ』のスタッフたちも参加する予定だったが、急きょ用事が入ったということで欠席していた。

場所は、以前潤もアルバイトをしたことがある自然食レストラン。友人の大山《おおやま》がギャルソンとして働いているところだ。今は特別に潤たちのテーブルを担当してくれていた。

「でも、すてきな大人になったね。ようこそ、大人の世界へ――」

テーブルに頬杖をついて、八束が柔らかく笑みを浮かべた。優しく歓迎されて潤は嬉しくて顔が熱くなる。が、周囲の反応はなぜか違った。

「ぷぷぷっ、先生の口説き方ってほんと独特っすよね。泰生さん、今のはないっすよね」

「本人はあれがかっこいいと思ってんだろ。黙っといてやれ、それが優しさだ」

「うん、田島《たじま》は本当に黙ろうか。そして、泰生、何気に貶《おとし》めるのはやめようね。あとで覚えているように。田島、いつまでも笑うなっ」

お叱りを受けている田島は八束のアトリエスタッフでまだアシスタントだが、自分の先生にも毎回遠慮のないツッコミをすると潤は常々感心している。真似をしたいとは思わないけれど、ふたりが言い合う姿はちょっと親しげに見えて羨ましい。

今はそれに泰生も参加して、テーブルはずいぶん賑やかになっていた。八束のアトリエから参加しているもうひとりのスタッフの小久保《こくぼ》も声を上げて笑っている。背高で爽やかな短髪の小久保は八束より数歳年上らしく、アトリエでも頼りになる八束の右腕的存在だと聞く。

「じゃあさ、今日は潤くんの誕生日パーティーという名目にしようよ。だったらケーキも用意しなくちゃね。潤くんはどんなケーキがいい？　ぼくはベタな苺のケーキなんかに立てたロウソクを、潤くんが不器用そうにふうふうしてたらちょっとドキドキするかな！」

「ドキドキ、するんですか……？」

「そう、胸がこう…きゅんとね。ぼくにも純粋な気持ちぐらいあるんだよ。あぁ、でもちょっと邪《よこしま》な気持ちも交じってるかな。それで潤くん、苺のショートケーキとか好き？」

潤は途方に暮れてセーターの袖口をもじもじ触る。

一体これはどういう状況なんだろう？

テーブルの周囲の人々は皆一様に笑い伏していて、役に立ってくれない。

「………苺のショートケーキは好きです」

仕方なく潤が何とか答えると、八束は「よし」とすぐさま立ち上がろうとした。その動きに、遅れて登場した浅香が驚いたように身を引いた。

「変な会話が聞こえると思ったら、やっぱり八束か。ん、何みんな寝てんだ？　笑ってる？」

ふんわりした茶髪に繊細な美貌ではかなげに見える浅香だが、口を開いたら案外言葉は乱暴だ。その浅香が、テーブルに突っ伏す人々に眉を寄せた。

どうやらようやく助け手が現れたようだ。

潤がほっとしていると、浅香の後ろにいたアシスタントの未尋《みひろ》と目が合った。小さく手を振ってくる未尋とは友人で、最近では親しくメールも交換している。

「あんまり潤くんを困らせるなよ。八束——おまえ、最近働きすぎなんじゃねぇの？　疲れてるから変なことばかり考えんだろ。わかってると思うが、潤くんは泰生の恋人だからな？」

「わかってるよ。人に夢ぐらい見せてくれたっていいだろ……」

浅香から真面目なのか冗談なのかわからないような説教を食らい、八束は子供のようにむくれている。茶々を入れたくてうずうずしているような泰生の腕を潤は横からそっと摑んだ。

飲みものが運ばれてくるころには、ようやくディナーミーティングが出来る雰囲気に戻っていた。元より顔見知りばかりだが、それでも改めて今回のプロジェクトにどういう立場で関わるのか紹介し合い、会合がスタートする。

八人がけの長方形のテーブルに、潤・泰生・浅香・未尋と座り、潤の向かい側から小久保・八束・田島という順番で座していた。

「空間を巨大な植物の白い根のオブジェで埋め尽くすんだ――」

とろみのあるプルオーバーにリブパンツという格好の泰生が、ワインを片手に熱く説明する。今回どんな演出でインスタレーションを行うのか。クリエーティブ・ラボ『アビノ』に作成を依頼している空間オブジェのイラストを見せると、皆の顔つきが変わった。これまでも興味深い顔を見せていたのに、さらに熱を帯びた感じだ。潤もワクワクしてくる。

「で、浅香にはちょっとあり得ない感じのマネキンを作ってもらいたい。花の流れでつむじを表現したり花でおっきな口を作ったり」

「……ん、なるほどね。遊んでもいいんだ？　だったら、もっと髪を爆発させた感じとかどう？　バーゼリアグリーンでモサッとした頭を作って、目鼻の場所にプロテアのロビンを配置したり。他にも、カニのハサミみたいなグリーンがあるんだ。それで手を表現するのも楽しいかもな。未尋、袖口にグリーンカンナな」

浅香が口にしたのは花やグリーンの名前なのだろう。潤にはさっぱりわからなかったが、浅香が名前を出すと隣の未尋が何の戸惑いもなくイラストとして描いていく。

鉛筆書きで色もまだついていないのに植物の質感や雰囲気がよくわかるせいか、どんなものを作りたいのかイメージは強く伝わってきた。泰生の考えが浅香の提案を元に、未尋の手許で具体的に仕上がっていくのを、潤は圧倒されて見守った。

「へぇ、いいじゃねぇか。それにしても、未尋って案外すげぇんだな」

泰生も感嘆の声を上げている。

「おもしろいっすね。そんな形の花、本当にあるんすか？　上海ガニのハサミのようっすね」

「あるよ。あ、グリーンカンナの方？　これは花じゃなくて実なんだ」

テーブルには次々に料理が並び始めたが、皆食事そっちのけで仕事の話に夢中だ。

「メンズだから可愛いよりクールな印象の方がいいか。花の色は、服の出来上がりを見てもう一度考えた方がいいよな」

浅香の呟きに、泰生が顔をほころばせて考え込む。

「いや、最初から白一色のマネキンとか緑だけのとか決めといても楽しいかもな。現地で、白の人とか緑の人とか呼ばれてあがめ奉られてるってストーリーがあったりさ」

「それいいね！　服のデザインも改めてちょっと考え直したくなるなぁ」

「八束先生、んなことやってると他が間に合わなくなるっすよ？」

面白いことを考えついたとほくほくしている八束に釘を刺したのは田島だ。そんな田島に、八束はむっとして嘯《うそぶ》く。

「まだ時間があるからいいんだ」

「ってなことを先生は言ってるっすけど、小久保さん？」

「八束先生。なしですよ」

潤の向かいで小久保が笑ってストッパーの役目を果たす。男らしいスポーツマンタイプでいつもにこにこ笑っている人の良さそうな小久保だが、八束の暴走をいち早く止めるなどいろんな意味で実力があるのは間違いなさそうだ。

「肌質がカサカサしてる枯れた植物人間みたいなのもいいよな。何とかプランツってヤツで作れないか？　何かあったろ？　そういうの」

そんな八束たちを横目に、泰生と浅香はマネキンのアイデアをどんどん形にしていく。

「エアープランツのこと？　うん。今あれって種類がすごくたくさんあるから、エアープランツだけのマネキンは余裕で作れるな。でも、肌質カサカサってことで考えると、他にもいい感じのグリーンが――」

それに合わせて未尋がイラストを描いていくのも一連の流れだった。

「お待たせしました――」

そこに料理が載る皿を持って、大山がテーブルにやってくる。しかし、ほとんど減っていない料理の数々を見て大仰にため息をついた。

「あの、差し出がましいのですが、どうか少しでも食べてもらえませんか。料理がなくならないので皿を引くわけにもいかないですし、次の料理がテーブルに載せられません」

「おっと、忘れてた。だいたいのイメージは摑めたから、いったんメシにしようぜ。道理で腹が減ったと思った。いい匂いがしてたのは気付いてたんだが」

大山の促しを機に、泰生が真っ先に料理に手を伸ばす。他の皆もそれに続いた。潤は空いた皿を片づけて、大山が持ったままだった料理を置けるスペースを作る。が、大山はささっとテーブルの皿を動かし直し、浅香の前に持っていた料理を置いた。

「これ、今日からの新メニューです。たぶん、浅香さんの好きな味ですから」

そっと言い添える大山に、浅香は当たり前のように料理に手を伸ばしている。大山も浅香も何気ない感じだが、あまりにナチュラルすぎて逆に目についてしまった。

まだふたりは付き合っていないはずだけど、こういうのも胃袋を摑まれたというのかな？

ふたりのやり取りがいい感じに見えて潤は唇がほころんだ。

潤の友人である大山は、この年上美人の浅香に片想い中なのだ。

レストランに通ってくる浅香をバイトをしていた大山が見初めたのだが、昨年の初夏に一度告白して振られている。が、それでも大山は気持ちを諦めることは出来ないと、こうして小さなアプローチを繰り返していた。

大山の人柄を知っているだけに、いつか気持ちが通じるといいと潤は願っていたが、もしかしたらその日は案外近いのかもしれないと思えてきた。

テーブルでは雑談を交えてまた仕事の話が始まっているが、先ほどよりフランクなせいか、実現不可能な案が続出している。が、それを聞くのもまた楽しかった。

潤も友人の末尋と話したかったが、席が離れていてちょっと無理そうだ。それもあり、向かいに座る小久保と親交を深めることにした。

「あの、小久保さんはアトリエで普段どんなお仕事をなさっているんですか？」

八束のアトリエで働く小久保とは何度も顔を合わせたことがあるが、いつも忙しそうで直接話したことはなかった。が、勢い込むように返事を返してきたのは遠くに座る田島だった。

「小久保さんはＭＤ――いわゆるマーチャンダイザーなんすよ！」

「マーチャンダイザー？」

聞き慣れない言葉に首を傾げると、小久保が小さく肩で笑う。

「ほら見ろ、田島。一般人にマーチャンダイザーなんて言ってもわかんないんだって。この際だ。おまえが詳しく説明してやれ」

小久保に言われて、田島が大いに張り切った。

ファッション業界においてマーチャンダイザーという職業は――会社ごとに仕事内容も変わるらしいが――流行をいち早くチェックして企画立案をしたり販売促進の計画を立てたりするなど、八束のアトリエを予算統制も含めて統括的に管理するものらしい。

ただそうやって通り一遍の説明を聞いても、実際何をやる仕事なのか潤にはぴんとこない。

「まだわかりにくいっすかね。あー大まかに言うと、次はどんな服が流行るか予測するところから始めて、予算内で服を作ってショップでどんな風に売るのか考えて、服が売れたか売れなかったか反省会をするところまでトータルでやるのがＭＤっすね」

潤が曖昧な顔をしているのに気付いてか、田島がさらに説明を加えてくれた。おかげで、だいぶんわかった気がする。

「確かに大まかすぎるが、今の説明が一番よくわかったな」

泰生も一緒に聞いていたらしく、大きく頷いている。

聞くと田島も今はアトリエ内でさまざまな仕事をするアシスタントだが、将来的にはＭＤになるべく勉強中だという。最近、ようやくＭＤのアシスタント業務もさせてもらえるようになり、今日はそれもあって同行させてもらっているとか。

「そうなんだ！　すごくやり甲斐のある仕事を田島さんはやろうとしているんですね」

潤が感嘆すると、田島は体を捩らせるようにもじもじした。

「うはぁー、潤くんに言われると何か照れる。先生の気持ちがちょっとわかるっすね」

田島は青いメガネのフレームを押し上げ、気持ちを切り替えるように咳払いする。

「でも、ホントそうっすよ。ＭＤはすげーやり甲斐のある仕事なんす。だから、早く使いものになるＭＤになって、小久保さんみたいにアトリエでがんがん仕事をやりたいっすね」

いつもどこか飄々《ひょうひょう》としている田島だが、今の真剣な目はかっこよかった。そんな田島に潤も嬉しくなる。すごく応援したくなった。

鼻息が荒くなっている潤を横目で笑って、泰生が頬杖をつく。

「今年の一月にフィレンツェでのピッティ・ウォモへ八束と一緒に行ったのだって、MDの修行だったんだろ？　あれって自腹だったんだよな」

「そうっすよ。すげー頑張ったんすよ、おれ！」

「そうやって自分で言うところがなぁ」

顎を上げて得意顔の田島に、泰生は呆れた声を上げる。が、潤はさらに興奮した。

「田島さんはすごいですっ。本当にすごい！　全力で努力されてるんですねっ」

「うへへ、そっすかー？　もっと言ってください、先生と小久保さんに向かって！」

頭をかく田島にテーブルの皆が笑う。

けれど、本当に田島はすごいと思った。そんなに前から頑張っていたとは知らなかったのだ。一月のイタリア行きには潤も同行したが、あの時ちょっとした旅行気分でいたのは自分だけだったのか。田島は今でも十分戦力になっているのに、さらにその上を目差しているなんて。

田島さんってすごいな。ううん、すごいのは田島さんだけじゃなく未尋さんもだ。

潤は、席の端っこで浅香と八束の話を真剣に聞いている未尋を見やった。

フラワーデザイナーのアシスタントとして日常の業務をやるだけでなく、浅香の意図するイラストをその場でささっと描けるのは、才能だけでなくすごく努力しているからだろう。

では自分はどうだろうと、潤は改めて考えてしまった。それでなくても、泰生のモデル業の過密スケジュールを知ってから、それとなく悩んでいたことだ。

今、潤は主に泰生のアシスト業務をやっているけれど、もっと出来ることはないか頑張れることはないのかと、仕事への向き合い方に思い惑っていた。

未尋のように自分にしか出来ないことをやれたら一番だが、クリエーティブな方面に長けていない潤にやれることは実際雑用ぐらいしかない。けれどそれだったら、経験豊かなレンツォや黒木の方が自分よりよほどうまくやれるのではないかと思えてならなかった。

だからこそ、自分の存在って何だろうと考えてしまうのだ。

未熟さを思い知らされて気持ちばかりが焦ってしまい、自ら望んだ大学生という身分でさえ先へ進もうとする自分を縛りつける制限に思えてくる始末だ。

もどかしい思いに、潤はそっとため息を噛みつぶした。そのタイミングで、口元にラディッシュを押しつけられる。反射的に口を開けると、そのまま押し入れられてしまった。

「酒を飲んでんだからもっと食わなきゃダメだろ。空きっ腹は酔いやすいぜ」

泰生に言われて、潤は頷いてブルーチーズが挟まれたラディッシュを咀嚼《そしゃく》した。それに目ざとく気付いたのは八束だ。

「あ、それぼくもやりたい！」

大声で立候補されて、潤は恥ずかしさに顔が熱くなる。

「潤くんは何が好き？　生春巻とかいっちゃおうか。ほら、あーんして」

八束が立ち上がるように、アボカドとサーモンの春巻を箸で摘んで潤の方へと持ってきた。

にっこり笑う八束に困惑していたら、横から春巻にかぶりついた人間がいた——泰生だ。

「あーっ⁉」

「ん、なかなか美味いな。大儀であった」

してやったりと笑う泰生に、八束がわなわな震えている。が、ふと八束が表情を変えた。ゆっくりと椅子に座り直すと、大人の笑みを浮かべて泰生を見やった。

「何だ、泰生はぼくに食べさせて欲しかったんだね。言ってくれれば、そんな横から奪うようなことをせずとも、ぼくがラブラブであーんしてやるのに。ほら、もう一度口を開けてごらん？」

「うげっ」

今回は、八束の方が一枚上手だったようだ。


六月に入った昨日、泰生がヨーロッパで行われるコレクションショーに出演するべく日本を出発した。実際ファッションショーがあるのはもう少し先だが、この際にヨーロッパでの仕事をまとめてこなすようだ。昨日はパリ行きの飛行機に乗ったが、到着して翌日にはコペンハーゲンへ移動するというのだから、泰生の体が心配になる。

「へぇ、けっこう広いスペースっすね」

「壁は何か変化をつけるのか？」

そんな不在の泰生の代わりに、今日はシャツにニットタイを締めて潤が仕事をしていた。ユースコレクション当日に使用するスペースへ、八束のアトリエスタッフとフラワーデザイナーの浅香を案内する仕事だ。八束のアトリエスタッフは、今回も田島と小久保である。

「当日は床も含めてスペース全体を白く統一する予定です」

潤は手許のタブレットを確認しながら、スペースの説明をしていく。

今回八束のインスタレーションが行われる空間は、ビルの中央に位置する広い休憩スペースとはガラスで仕切られた一番いい展示ブースで、テニスコートをひと回り小さくしたくらいの広さはある。ここにクリエーティブ・ラボ『アビノ』の大型オブジェを入れて、その合間に花や植物を使ったマネキン——ボタニカル・マネキンを設置するのだ。

「マネキンの数は七体。メインの服を着せるマネキンはこちら——この辺りに設置予定です」

「潤くん。悪いが、そこに立ってくれるか」

浅香に言われてマネキンを設置予定の場所に潤が立つと、浅香たちは場所を移しながら見え方を確認している。特に浅香は天井の高さやガラス張りのブースの外側からなども念入りにチェックを入れていた。それを横目に、田島が話しかけてくる。

「ここって、メインのファッションショーが行われるホールの裏に当たるんすよね」

「はい。当日は、他のスペースでも十人ほどの若手デザイナーがインスタレーションを行う予定なので、こちらへもお客さまが多く流れてくると思います」

「へぇ。他のデザイナーって誰か、もう名前はわかってる？」

小久保に言われて、潤はタブレット端末の中から該当の資料を探し出した。

「んんと、『アダチノート』に『After《アフター》 Nickel《ニッケル》』、『Ichiho《イチホ》 Oda《オダ》』か」

「あっ、小久保さん。『&《アンド》 Meque《メケ》』がありますよ！」

「お知り合いのブランドがありましたか？」

小久保と田島が話し合う様子に、潤は訊ねてみる。と、小久保は曖昧な笑顔を見せた。

「まぁね。ライバル戦略は大事だからいろいろチェックしているんだよ」

なるほど、同じ若手デザイナーたちの動向は気にしているということか。

そこに、会場をチェックしていた浅香が戻ってきた。

「小久保さん。もうある程度の服のデザインは出来上がっているんですか」

ボタニカル・マネキンと服の相性もあり、今の段階で少し打ち合わせをしておこうというのだろう。三人が額を集めて話し出す。

潤は邪魔にならないように少し距離を空けて話だけを聞いていた。

「この一着、布面積が大きいからコートの色の印象が強くなりますよね。この色でもう決まりですか？　だったらこれだけでも、本体のマネキンをちょっと考えておけるかも」

年上の小久保を相手にしているからだろう。浅香のいつもの歯切れのいい少し乱暴な口調が、今日は影をひそめていた。が、丁寧に話す浅香も仕事人という感じでかっこいい。

「あっと、それは少し待ってほしいです。そのコートは八束が色と織り——風合いにこだわって今特別な工場にオーダーしているんです。けれどこだわったからこそ、出来上がってくるまで本当にその色になるかはわからないんですよ。繊細な色が出せると有名な兵庫《ひょうご》の工場に頼んではいますが、八束のイメージ通りになるかってところまでは、やはりね」

「そうなんですか。いえ、カラーを大事にするのは花の世界でも同じです。そういう意味では、八束のこだわりにはエールを送りたいですね。では今のところ、マネキンの原案を考えておく程度にします。実際出来上がった服の画像は送っていただけるんですよね？」

「もちろんです」

「お願いします。ただ——そうやって画像を見てマネキンを製作したとしても、実際服と合わせたあとの微調整が一番大事なんじゃないかと思うんです。そんな風に八束がこだわった服のカラーが、花のせいでくすんで見えたりするのは絶対嫌ですからね」

三人の話を興味深く聞いていた潤だが、強い香水の香りに気付いて振り返った。

「え……」

ずいぶん体格のいい男がすぐ後ろに立っていた。潤の視線に気付いておもむろに動き出す。見知らぬ男だ。入口から近い場所にいたとはいえ、いつの間に背後に立たれていたのか。潤の横を通りすぎ、男は浅香たちの前に立つ。

「よう、小久保。おまえも来てたのか」

どうやら小久保の知り合いだったらしい。男はその体格に見合う低くて渋い声で挨拶した。

「久しぶりだな、上田《うえだ》。『& Meque』もこの会場でインスタレーションをするんだってな」

小久保の後ろに、まるで援護するように硬い表情をした田島が移動した。

小久保のセリフの中にあった『& Meque』というと、先ほど田島たちがライバルだと口にしていたブランドだ。なるほど敵情視察というものか。

「相変わらず、八束んとこはずいぶん派手にやるみたいだな。今度も、あのビッグマウスな演出家を起用するのか？　デモンストレーションばかりが注目されることにならないようにな」

格闘技をやるような大柄な体格だが、センスのきいたシャツとスラックスを身につけるさまは確かにクリエーティブな雰囲気がある。が、口から出た言葉は実に嫌みなものだった。声の調子も横柄で、喉に絡むような聞き苦しい声も相まってあまりいい印象がしない。

「心配してくれてありがとな」

が、小久保はまったく動じず、笑顔も絶やさなかった。

「でも、うちの八束は大丈夫だ。用意される場所がどれほど華やかでも、それ以上のものを作ってみせるヤツだから。そういう意味では誰よりも信頼出来るデザイナーだ。それに、泰生さんも八束を理解した上で演出を考えてくれるすごい人だしな。ぜひ、当日を期待してくれ」

小久保の言葉に上田は舌打ちして視線を逸らし、目が合った浅香へと近付いていった。

「これは浅香さんじゃないですか！　まさかカリスマ・フラワーデザイナーの浅香さんとこん

な場所でお会いするとは思いもしませんでしたよ。もしかして浅香さんも八束のインスタレーションに参加するんですか？　会場を花で埋め尽くすとか？」

「いえ、えっと上田さま…でしたか？　いつもご利用ありがとうございます。うちのブーケをよく注文してくださいますよね」

「そりゃあ、人に贈るブーケはやっぱり有名な方にお願いしないとね。そうだ。浅香さんって、八束のショップにフラワーアレンジメントを置いていますよね。今度うちのショップにもお願いしますよ。八束のアレよりどーんと派手なヤツを」

ずいぶん虚栄心の強い男のようだ。上田は熱心に話しているが、傲然たる態度で話せば話すほど場が白けていく感じだった。小久保は表情を変えないが、田島は顔をしかめている。

「上田さま。申し訳ありませんが、今は忙しくてこれ以上の仕事はお受け出来ないんですよ」

「そこを何とか——」

「本当に申し訳ありません」

申し訳なさそうに頭を下げる浅香にプロの顔を見た気がする。

「ッチ。浅香さんもやっぱり八束なのか」

恨めしく言う上田だったが、尻目にかける小久保と田島にふんと鼻を鳴らしてブースを出て行った。後ろ姿が遠くなるのを確認して、田島が大声を上げる。

「あーっ、もう何すかね、あの人は。いっつも八束先生を目の敵にして嫌みを言うの、やめて欲しいっす。スタイリストからデザイナーになってショップをオープンさせたって先生と同じ経歴を持ってるからって、デザイナーとしての才能まで同じと思い込んでるんすかね」

「田島、言いすぎ」

「言いすぎってて。だいたい小久保さんは何でそう冷静なんすか、毎回変な言いがかりをつけられてて。それって、小久保さんがあの男じゃなく八束先生を選んだからでしょう？　同級生ってことにかこつけて上から目線で誘ってきたって聞きましたよ。うちで使ってやるって！」

怒りに燃える田島のセリフから話が見えてきた。

あの上田という男は、同級生であり優秀なＭＤの小久保を欲していたが、小久保が八束のアトリエを選んだせいでいろいろと逆恨みをしているらしい。上田がそういう因縁の相手だったため、先ほどブランドをチェックしたときにふたりが微妙な表情を見せたのだろう。

いつもどこかのんびりしている八束だがデザイナーの世界も大変なんだなとわかり、大事な友人である八束のことを思いはかる。ファッション業界に詳しくもない自分が八束の助けになることはおそらくないだろうが、せめてもと心の中で精一杯のエールを送った。


フラワーデザイナーの浅香が店長を務める花屋があるのは、都心の一等地だ。

中庭を囲むように建てられた高層ビルの一階と二階を使い、窓から差し込む光で明るい店内にはいつも多くの客がつめかけていた。そんな中、きびきびと気持ちよく働くスタッフに見知った顔を見つけて、潤は近付いていく。

「こんにちは。フラワーアレンジメントが出来たってメールをもらったんですが」

「あ！　潤くん。いらっしゃいませ。出来てますよ、こちらへどうぞ」

場所が職場であるショップで今は勤務中だからだろう。ちょっとかしこまって敬語で話す友人の未尋に、潤はくすぐったい気持ちになった。

六月の第三日曜日——父の日を前に、浅香の花屋を訪れたのは今年も父へフラワーアレンジメントを贈るためだ。昨年プレゼントしたところとても喜んでくれたようで、次もよかったら花が欲しいとリクエストをもらっていた。ただ今年は父が忙しくて会う時間が取れず、残念ながら宅配で送ることになっている。泰生の父である幸謙《こうけん》へも同じく宅配だ。発送の前に実物を見たいとお願いしていたら、今日出来たとメールが入り、ショップを訪ねたのだ。

「こうして実物を見にわざわざショップまで足をお運びになるお客さまはめずらしいですよ。今はメールで写真を送っていますからね」

「そうなんですけど、おれはあまり花には詳しくないから小さな写真では雰囲気が摑みづらいかなと思って。せっかく素敵なフラワーアレンジメントだって父に喜んでもらっても、おれ自身が贈った花をよく知らなければ共感出来ないので」

「もう、潤くんは本当にいい子だな」

二階の階段を上って花の教室のためだろうフリースペースに入り、潤の少し前を歩いていた未尋が感心したように振り返ってくる。が、すぐにあっと口に手を当てて謝ってきた。

「ごめん、今は潤くんはお客さまだった。違った。『申し訳ありませんでした』だよね。浅香先生、潤くんがいらっしゃいました。あれ、先生？」

フリースペースの奥にある部屋に、たくさんの花材と出来上がったフラワーアレンジメントに囲まれるように浅香がいた。が、潤たちの姿を見たとたん小さく噴き出している。

「今の未尋たちの会話が聞こえて、ちょっと。悪い……くく」

顔の前で手刀を作って謝りながらも、浅香は肩を揺らした。

「いや、うちのアイドルの未尋が潤くんの前だとずいぶんお兄さんになるんだなと微笑ましくてな。今の会話、皆にも聞かせてやりたいぜ」

「うちのアイドルって何ですか」

未尋は顔を赤くして抗議している。ショップで未尋はずいぶん可愛がられているのだろう。

「ほら、そっちの机の。未尋、見せてやれ」

ようやく笑いを収めて、浅香が顎をしゃくる。

浅香が示した場所には、ふたつのフラワーアレンジメントが置いてあった。ひとつは、薄い紫から白へのグラデーションが美しいもの。もうひとつは白とグリーンのすっきりまとまったアレンジメントだが、使われている花がずいぶん個性的だ。

「今年の父の日のアレンジメントは香りがテーマなんです。こちらは潤くんのお父さまが会社の――少し広いお部屋に飾られると伺ったので、ライラック、シャクヤク、ブルーローズを使ってシックな雰囲気で香りのいいアレンジメントになりました」

未尋の説明を受けて花に顔を近付けると、馥郁《ふくいく》とした香りがした。父は社長室に飾るといっていたので、素敵な香りを楽しんでくれるだろう。

「こちらは榎さまのアレンジメントです――」

「榎幸謙さまは個人的におれもよく存じ上げているから、潤くんのイメージにプラスしてちょっと遊びも取り入れさせてもらった」

未尋の説明を引き継ぐように浅香が口を開いた。

「白のアンスリウムにカラー、デンファレとグリーンのアジサイだな」

仮面のような平面の大きな花はアンスリウムというものらしい。特徴のある花やグリーンたちだが、ぎゅぎゅっと小さくまとめられたアレンジメントは、アクは強いが大人の男のイメージがある。ひと癖ある男の雰囲気がした。

確かに、おじさまには似合うかも。

「ありがとうございます。今年もすてきな父の日の贈りものを作っていただいて。父にも絶対喜んでもらえると思います」

「そう言ってもらえるのがおれたちは一番嬉しいよ」

潤の言葉に、浅香も未尋も相好《そうごう》を崩した。

「では、これは今日のうちに発送しますね。一階のショップへ参りましょうか」

浅香も忙しいのだろう。未尋に促されるように、また部屋を出る。

「な、潤くん。お昼まだだったら、この後ランチに行かないか？　この前はあまりしゃべれなかったから久しぶりに話したいし。ただ、まだほんのちょっと仕事が残ってるから、あと十分くらいは待ってもらうことになるんだけど」

階段を下りながら、一時だけ未尋が親しげに話しかけてきた。声はひそめられていたが。

もちろん潤は大喜びで了承した。未尋の仕事が終わるまで、ショップで待たせてもらうことにする。めずらしい花やグリーンを見るだけで時間はすぎるはずだ。

「未尋くん、先生は忙しそうだった？」

「何かありましたか？」

一階のショップに下りるとすぐにスタッフが未尋に近付いてくる。潤に小さく合図をして離れていく未尋だが、持ちかけられた問題をさっと解決したようだ。スタッフが明るい顔で歩き去っていくのを見た。

この前もそうだったけど、未尋さんって本当にすごいな。

アシスタントとはいうものの、ショップではもう一人前に働いている。その上で、フラワーデザイナーになるべく勉強中なのだ。いや、フラワーデザイナーの卵としても、見事なイラストを描いてアシストする未尋は、浅香にとってもういなくてはならない大事な戦力だろう。

そんな未尋が羨ましいし憧れる。

入口付近の鉢ものを見ながらそんなことを考えていると、未尋の声で名前を呼ばれた。

「ごめん、お待たせしました」

が、未尋はひとりではなかった。未尋の隣にいたのは、確か八重樫冬慈《やえがしとうじ》という男——浅香や八束と同級生と聞いたことがあるが、背が高くて存在感のある美丈夫はもう少し歳上に見える。立っているだけでも大人の色気を醸し出す雰囲気ある男で、穏やかな表情を崩さない好人物に思えるが、潤としてはその強すぎる存在感が苦手と感じてしまう相手だった。

「やあ、潤くん。こんにちは、久しぶりだね？」

「こんにちは。ご無沙汰しております」

潤が挨拶をすると、黒々と艶のある目をやんわりと細める。意識しているのかいないのか、冬慈の燻《くゆ》らすような色気に潤の肌はざわざわした。周囲でも女性客が小さな歓声を上げているが、その声にむっと眉根にシワを寄せたのは未尋だ。

「挨拶したんだからもういいだろ。これからランチに行くんだから、おれたちは時間ないの」

そう邪険に冬慈を追い払おうとする。

何歳も年上を相手にこうも気安く出来るのは、冬慈が未尋の恋人だからだろう。

「ふふ。ヤキモチを焼いてくれるのかい？　嬉しいな。でもわかっているだろう？　おれは未尋ひと筋だから心配しなくていいんだって」

「そんなんじゃないからっ。もうっ、ここじゃなんだから取りあえずショップを出よう」

未尋の言葉に異議を唱えるわけもなく、潤たちは三人でショップを後にした。

「潤くん、今日はありがとう。未尋と一緒にランチをしてくれるんだって？」

「いえ、おれの方こそ未尋さんに誘っていただいて嬉しかったです」

冬慈と話していると、前を歩いていた未尋がぎろりと振り返ってくる。

「ちょっと、冬慈さん。何だよその言い方。子供扱いやめてくれる？　冬慈さんは親でも何でもないんだから、そんな保護者的な発言はやめろよな」

「そうだね。おれは未尋の親ではなく恋人だからこそ、未尋と仲良くしてくれる友だちには挨拶をしておきたいんだよ」

「なっ」

にっこりと穏やかに笑う冬慈に、未尋は絶句して顔を赤くしている。

ふたりは仲がいいなぁ。泰生って、今頃ミラノでファッションショーだっけ？

思わず、自分も愛しい恋人を思い出してしまった。

「それで、潤くん。よかったら、ビルの三階にあるレストランを利用してくれないかな？　最近出来た店なんだけど、若い利用客が少ないんだ。未尋と一緒にランチを食べて、食事の内容や店の雰囲気など、君達の目線で感想を教えてくれると助かるんだけど」

「えっと…はい、おれでよかったら」

この一等地に建つ高層ビルのオーナーでもある八重樫から困ったように見下ろされて、潤は少しどぎまぎした。大人の男の弱った表情など初めて見た気がする。頼られて、自分が何とかしなければと思わず拳を握った。

「潤くん、騙されちゃダメだから！　冬慈さんの助かるなんて言葉、口先だけだからねっ」

「ひどいな、未尋は。やはり騙されてくれないんだね」

「ほらっ！」

みるみるうちに目を尖らせる未尋に、冬慈は楽しそうに口を開けて笑っている。先ほどまでどこか取り繕った顔を見せていたのに、未尋に関わると冬慈もずいぶんと変わるようだ。

「ほら、いいからもう行っておいで。ランチの時間がなくなるよ」

「冬慈さんのせいだろっ。潤くん。申し訳ないけど、冬慈さんのお薦めのとこでいいかな？」

未尋は冬慈に怒ったあと、それでも恋人の不始末だとばかりに申し訳なさそうな顔を見せる。元より潤はこの辺りは詳しくないため、店の選択は未尋に任せるつもりだったし異論はない。

「三階、西側エレベーター前の『さの坂《さか》』だから」

行っておいでと見送られて、潤たちはようやくビルのフロアへと歩き出した。

「何か、ごめんな。本当はこんなはずじゃなかったんだけど」

「いいえ。好き嫌いもないし、食事をする店はどこでも大丈夫ですから。それに、ランチの目的

は未尋さんと話をすることだから、店はあまり関係ないというか」

潤が首を横に振ると、未尋が照れたように顔を赤くした。

「潤くんってさ……まぁ、いいや。西側エレベーターだから、こっちだ」

連れて行ってもらった店の前で、しかし潤たちは立ち尽くしてしまった。

「鉄板焼……？」

「……いやいやいやっ！　ないだろ、おれたちの年で鉄板焼なんて店に入るヤツ！　おれ、このランチ代でさえ払えないよ。ホント、ごめんっ。潤くん！　やっぱり別の店に行こう」

未尋に腕を引っ張られて歩き出そうとしたとき、店の中から黒服の店員が飛び出してきた。見た目から、支配人クラスのようだ。

「白柳《しろやなぎ》さまと橋本《はしもと》さまでいらっしゃいますか？　お待ちしておりました」

「え、いや、おれたちは——」

「八重樫オーナーから連絡をいただいております。どうぞ、中へ」

「待ってください。確かに、冬慈——八重樫さんから言われてここに来ましたけど、こんな高級な店だと知らなくて。正直言うと、ここで食べるほど今お金を持ってないんです」

伏し目がちに言う未尋に、支配人は笑って頭を振った。

「ご心配にはおよびません。ご精算はオーナーへ回すように承っておりますので、白柳さまたちにはお好きなものを食べてもらうようにとのことでございます。さぁ、どうぞこちらへ」

押し切られて、潤と未尋は小さくなって店に入っていく。潤は薄手のカットソーにデニム、未尋も細身の白シャツに黒のスラックスというどこか制服らしい格好だ。さすがにそんな姿で大きな鉄板を前にしたカウンターに座ることは出来なくて、個室を選んだ。

薦められた松コースではなく、一番安い梅コースをオーダーしてようやく支配人がいなくなると、ふたり揃ってため息がこぼれ出た。

「ふぅ……」

「はぁ……」

静かな空間にため息が大きく響き、潤は次第におかしくなってきた。込み上げる笑いを我慢していたが、向かいに座っている未尋を見てたまらず噴き出す。未尋も笑っていたからだ。大きな声ではなかったけれど、それでもふたりの笑い声はきっと隣の部屋にも聞こえただろう。申し訳ないと思ったが、どうしても止めることは出来なかった。

「潤くんには謝るしか出来ないな。本当にごめん。まさか、冬慈さんがこんなカラクリを用意してたなんて思いもしなかった。何か怪しいと思ったんだよな、お薦めの店なんて」

「もういいですよ。さっきから未尋さんは謝ってばかりです。滅多に食べられない美味しいものを食べられるんだから、逆にお礼を言いたいくらいです。ありがとうございます」

「……なら、いいけど。だったら、この際だから逆にいっぱい食べて冬慈さんを困らせてやろうよ。あ、それならやっぱり松コースがよかったかな。今から変更きくと思う？」

「お昼だから、そんなにお腹に入らないですから！」

今にも店員を呼ぶボタンを押しそうになった未尋の手を慌てて止めた。

そうして届いた食事は、さすが高級店にふさわしい美味しさだった。

「潤くん。さっきから何をきょろきょろしてるんだ？」

「いえ、若者の利用が少ない原因は何かなと思って」

せっかくご馳走になるのだから少しは貢献したいと、先ほど冬慈に頼まれた仕事に頭をひねる潤に、未尋はため息をついた。

「ごめん。さっきの冬慈さんのあれもさ、この店におれたちを来させるための建前だと思うよ」

「そうなんですか？」

「たぶん。だって、一目瞭然じゃないか。こんな高級な鉄板焼屋に、若い人間は来られないって。いや、実際来たら店の方だって困るんじゃないかな。場違いだって」

「そんなことはないと思いますけど。さっきだって、支配人は全然そんな風でなかったし」

「うーん。だったら、潤くんはどうやったら若い人間が来ると思う？」

「そうですね。ランチだったら、まだ少しは入りやすいと思います。だから、ランチの時間帯に若い人が好きなメニューを増やしてみたらどうでしょう？　あとは、若い人たち向けの雑誌で『いつかは行きたい高級店』みたいな扱いで取り上げてもらうとか」

未尋に訊ねられ、潤は困惑しながらも案を述べていく。

「すごいな、潤くん。やっぱり演出の仕事に関わっているだけあるよね。パッとそれだけの案が出てくるんだから」

「いえ、全然すごくないです」

今のは、少し考えれば誰でも思いつくものだ。これがレンツォや黒木だったら、もっと使える案を出してくるだろう。泰生だったら、あっというような奇抜なアイデアを思いつくかもしれない。そんな人々を間近で見ているだけに、自分の案がすごいとはとても思えなかった。

「潤くんは自己評価が低すぎるよ」

未尋は頬をふくらませてそう評したけれど。

「でもさ。そんな真面目な潤くんにやっぱりさっきの冬慈さんの発言はないよな。性格が悪いったらありゃしないよね。帰ってから、おれがもう一度ガツンと言っておくから」

「ふふ、ガツンとですか」

「そう！　だって今日みたいなの、実はしょっちゅうなんだ。知らないうちに冬慈さんの思惑に動かされていてさ。あとで気付いて、すごく悔しくなって怒ったりケンカしたりするんだ」

「確かに、冬慈さんって考えも雰囲気も大人ですよね」

潤が興味を持って相づちを打つと、鼻息も荒く訴えられた。

「だいたいさ、冬慈さんは勝手すぎるんだよ。おれより十歳近く年上だからって、いっつも大人の顔して、おれのことを手の平でいいように転がしてさ。この前なんかさ――」

サイコロ状にカットされたステーキを食べながら、未尋は話してくれる。

これまで恋人である冬慈との関係性はあまり口にしたことがなかった未尋だが、どうやら先ほどの一件でいい感じに構えが取れて、話しやすくなったようだ。

「冬慈さんって、未尋さんのことが可愛くてたまらないって感じですよね。手の平で転がすというより、自分の手の中に大事に囲っておきたいんじゃないんですか？　冬慈さんを見ていると、未尋さんを怒らせても、構いたくて仕方がないって風ですし」

「なっ」

「冬慈さんって、愛情表現が特別なんだなと思いました」

「——潤くん。おれの話、聞いてた？　そんないい感じで締める話じゃなかったよね⁉」

「そう…でしたっけ」

「そうだよ！」

首を傾げる潤に、未尋は少しふて腐れたように箸先でステーキをつつく。

「そうやって、冬慈さんは味方を増やしていくんだ。腹黒なくせに外面がいいから、擁護されるのはいつだって冬慈さんの方なんだ」

「いえ、おれは断然未尋さんの味方ですから！」

「本当？」

じっとり見られて、潤はうんうんと頷く。

腹黒とか外面がいいとか、確かに潤も冬慈の中に不穏な気配を感じたことがある。好人物なのに何となく冬慈に苦手意識を持っていたのは、そのせいもあるのかと思い当たった。

「そうか。潤くんには初対面のときから微妙な態度を見せてたよね。内面を隠してなかったというか。そういうのって、冬慈さんが気に入った相手にしか見せないらしいんだけど」

「だったら、その筆頭は未尋さんですよね」

「ええっ。な…何言ってんだよ」

未尋が恥ずかしげにそっぽを向く。年上だが、頬を赤くして照れるなどずいぶん可愛い人だ。蕩けるように柔らかいステーキを平らげるとご飯ものが出てきて、メニューも終盤のようだ。

その前に、潤は未尋に聞いてみたいことがあった。

「あの……未尋さんって、イラストがすごく上手いですよね。この前のディナーミーティングのとき、感動しました。そういえば以前、父の日のアレンジメントをお願いした際にも未尋さんに描いてもらいましたけど、浅香先生のアシスタントとしてすごい戦力になっているなって羨ましくて。あんな風に絵が描けるようになるには、やはりすごく勉強をされたんですよね」

「いや。おれの場合は貧乏だったのがそもそもの始まりなんだ」

あっけらかんと話してくれたのは、つましい暮らしのせいで花の図鑑や本を買うことが出来なくて、仕方なく店の花をイラストにして自分なりのノートを作ったことがきっかけだということだった。元々絵を描くのが好きだったのも手伝ったようだが、当時まだアシスタントにもなれないような見習いの立場で店内でのんびりイラストが描けるはずもなく、花の特徴を懸命に記憶して帰り、夜遅くまでかかって花のノートを作っていた話も聞かせてもらった。

「すごい……」

まさか、今ににこ笑っている未尋が過去にそんな生活の苦労をしていたとは思いもしなかった。それほど頑張って今の実力を身につけたことにも感動する。

「絵の勉強なんて正式にやったことないんだけど、先生が助かるって言ってくれるから自分なりにやっているだけでさ。実際にイメージイラストがあるとお客さまに喜んでいただけるし、難しい仕事のときもクライアントに納得されやすいってわかって、イラストが描けるのはおれの強みなんだと最近ようやく自信が持てるようになったんだ」

「そうなんですか」

「潤くんだって、まだ大学生なのにもう働いているのってすごいよね。三月のパーティーのときはインカムをつけて業界人みたいだったし、あの泰生さんのアシスタントをしてるんだから、何かと大変だよね」

逆に未尋から問われて、潤は情けない思いで眉を下げた。

「大変なんて、そんな。おれはただ言われたことをこなしているだけなんです。もっと自分から率先して動けたらいいんですけど、クリエーティブな方面はどうにも勝手がわからなくて。それに、やっぱり大学生だから皆と一緒にばりばり働けないのも悔しいなって」

そんな潤に、未尋はお茶碗に残った最後のご飯をぱくっと食べてから、うーんと唸った。咀嚼しながら、じっと正面から見つめられる。

「潤くんってさ、さっきも思ったけど自己評価が低すぎるよね。自分に厳しいというか。周りの人間がすごすぎるのも原因なんだろうけど。おれから言わせれば、あの気難しそうな泰生さんの助手を務めることが出来る潤くんの方がすごいって思う。だって泰生さんって、何を考えてるかわからないじゃないか。天才肌だし、すぐ突飛なことを考えついて皆を振り回すし」

「そんなことは……」

「あるんだって。そんな泰生さんの思いをくみ取れるってだけでも潤くんはすごいよ。おれや周りの人たちに対してもいつも気を配ってくれてるし、いろいろ気持ちに敏《さと》いんだろうなって」

そう言いながら、未尋は考えごとをするみたいに指の関節を唇に当てる。

「それにさ、おれや他の人間がすごく見えるのだって、潤くんより年上で単に先に働き始めていただけにすぎないんだよ。そういうのはもうどうしようもないし、泰生さんだって潤くんが大学生なのは承知の上でアシスタントにしたんだろ？　だったら今の大学生って立場を楽しんだ方が、泰生さんも喜ぶんじゃないかな。大学生にしか出来ないことをやるのも、今の潤くんには大事なんじゃないか？」

「……でも、おれは早く大学を卒業して働きたいと思えてならないんです。大学生という立場が今は重みにしか感じられなくて」

もっと泰生の役に立ちたい。

もっと自由に動ける身分になりたい。

泰生と一緒に演出の仕事に関わって、生まれてきた思いだ。

ふたりで沈黙していると、ノックのあと扉が開いてデザートが運ばれてきた。美味しそうな小豆がかかったミルク寒天に、沈んだ気持ちが一瞬だけ浮かび上がる。店員が出て行ったのを待っていたように、未尋が口を開いた。

「あのさ、実際に働き出すと目の前のことでいっぱいいっぱいになりがちなんだ。日々新しいことの連続で、それをこなすことに一生懸命になる。だから自分のやりたいことや勉強なんかがどうしても後回しになりがちでさ。おれも、ちょっと苦労したかな」

スプーンでミルク寒天をすくった未尋が口に入れると同時に表情を緩めるのを見て、潤もデザートのスプーンを握った。

「ん、美味しい！」

「だよな。デザートが美味しいと女の子にポイント高いと思わないか？」

冬慈への報告がまたひとつ出来たと嬉しそうな未尋と顔を見合わせて笑う。

「あ…すみません。話を逸らしてしまいました」

「それはお互いさま。それで、何だっけ――そう、働き出したらスキルアップの時間が取りづらくなるって話だよな。おれさ、潤くんに今必要なのは自信をつけることだと思うんだ。自分はこれだけは出来るって得意なものを見つけ出して突きつめる。そういうのが自分にあると、不思議と何の仕事だってうまくやれるようになるんだ」

「自信をつける。自分に出来る得意なもの——」

「そう。別に特別なことじゃなくてもいいんだ。クリエーティブな方面じゃなくても例えば電話の応対だったら誰にも負けないとか、それこそさっきの気持ちに敏いってのも十分戦力になると思うし、他にもいろいろあるはずだよ。そういうのをゆっくり探すことが出来るのも大学生のうちだけなんじゃないか？　社会人になってそんな悠長なことは言ってられないからね。だから潤くんは、将来のために時間が使える今を大切にして欲しい」

スプーンに山盛りのミルク寒天をすくいながら、未尋はそう締めくくった。

実際に仕事をしている未尋の言葉だからこそ、重みがあった。潤はこれまでの凝り固まった考えが溶けていく気がする。いや、まさに目から鱗《うろこ》の新しい発想だった。

一刻も早く大学を卒業して泰生と一緒に働きたいとばかり考えていたけれど、もっと違う方面から泰生を支えられるようになる何かを探してみるのもいいかもしれない。

「ありがとうございます。未尋さん」

「そんな真面目に礼を言われると、照れるって」

唇を尖らせている未尋を見ながら、潤もスプーンにミルク寒天をたっぷり載せた。

自分に出来ることって何だろう。

先日、未尋と話してから潤はずっと考えていた。

自分が得意なことは雑用だ。細々としたことをするのが好きだし、事務の仕事とかを完璧に出来るようになるというのはどうだろうか。それに電話の応対に強くなるのも、潤には新しい発想だった。知らない人からかかってくる電話を取るのは未だに冷や汗の出る思いがするが、それでも仕事だと思って最近では少し気持ちを切り替えられるようになった。今の自分の電話応対が上手だとはとても思わないが、そういう方面を突きつめていくのもひとつの手か。

ただ、未尋が言っていた人の気持ちに敏いというのは、潤にはどうしてもわからなかった。泰生は元より誰かが嬉しそうだったり悲しそうだったりするのは、普通に皆がわかるのではと困惑してしまう。自分だけが特別とはどうしても思えない。

それとも、これこそが自己評価が低いということだろうか?

自信をつけることが必要だと言われたが、自分にはそれが一番難しいかもしれない。

うーんと考えながら歩いていると、いつの間にか目的地に着いていた。

「こんにちは。お疲れさまです」

シャツにチノ素材のクロップドパンツという自身の身嗜みをもう一度確認して扉を開けると、パッと田島が気付いて顔を見せてくれた。

「潤くんじゃないっすか。お疲れさまっす。八束先生っすか?」

「はい。先ほどご連絡したんですけど、契約書が出来上がってきたのでお届けに上がりました。あとで八束先生に渡していただけますか?」

バイク便で送っとけと言われたものだが、泰生がまだ日本を留守にしているため、八束のアトリエの進捗状況を確認しておこうと思ったのもあり、直接訪問したのだ。

だったら少し相談したいことがあるという田島の案内について歩いていると、アトリエ内が騒ついていることに気付いた。八束や小久保などスタッフ数人が深刻な顔をして集まっている。

「何かトラブルですか?」

トートバッグから取り出した契約書を渡しながら訊ねると、田島は眉を寄せた。

「今後の進行にも影響するかもしれないし、あと潤くんだからってことでもう正直に教えるっすけど、実はうちが工場に出した注文が勝手にキャンセルされてたんすよ」

アトリエの奥にある休憩スペースまで連れて行くと、声をひそめて教えてくれた。

ユースコレに使用する布地を工場に依頼していたが、それが今日になって注文がキャンセルになっていたことが判明したらしい。何者かが勝手にキャンセルの連絡を入れたのだという。

「しかもうちのアトリエの名前を聞いたとたん怒鳴って電話を切るくらい、キャンセルの連絡を入れた犯人が工場長を怒らせたみたいで大変なんすよ」

粘り強いアプローチで、工場側もキャンセルの連絡は八束とは無関係の悪質な悪戯だとわかってはくれたが、トラブルを抱える会社とは取引をしたくないと言い出し、改めての注文を渋っているらしい。しかも工場は他にも仕事を抱えているようで、八束のアトリエ分を最優先ですることは出来ないと言われてしまい困っているという。

八束が繊細な色と風合いにこだわり、今回先染めという――糸から染色して布地を織る――手間と時間のかかる方法を選択したのが徒《あだ》となったようだ。

「先生がせっかく最高の作品に仕上げようとしてるのに、一体誰がこんなことを。あーもうっ、だから脅迫状が届いたときにさっさと警察に届けておけばよかったんすよ！」

「脅迫状が届いていたんですか？」

田島が腹立たしいように壁をこぶしで叩いた。

「ユースコレクションの出場を辞退しろって内容っすよ。聞けるわけないじゃないっすか」

「そうですよね。それで、その…犯人って誰かわかったんですか？」

一番気になることを訊ねると、とたんに田島が表情を硬くする。

「……うちのアトリエの人間じゃないっす」

「当たり前ですよっ、アトリエ内に犯人がいるわけないです！」

田島のセリフに驚いて潤は声を高めた。

八束のアトリエスタッフは潤もほとんどが顔見知りだ。皆、八束のことを尊敬してついて行こうと思っている人ばかりなのに。

しかし、田島の反応はあまりよくなかった。

「う〜っ、でも本当はわからないんっすよ〜」

「どういうことですか？」

「うちがあの工場に注文を出したって知っているのは、アトリエの人間くらいっすから。特に今回はいつも使ってる工場とは違って、小久保さんがずっと懇意《こんい》にしていたとっておきの工場だったから特に外の人間が知るわけがないんすよ〜」

話し終わって、しかし田島はこぶしを強く握ってぐっと顔を上げた。

「いや、でも絶対うちの人間じゃないっす。工場長が言うには、電話をかけてきた犯人は低いだみ声だったらしくて、そんな人間はうちのアトリエにいないんっすからね」

田島の口調から、スタッフの中に犯人がいて欲しくないと思っていることがひしひし伝わってくる。スタッフ同士仲がいいから、特にその思いは強いだろう。潤だってそう願っている。

そんな時、隣室で動きがあったようだ。

慌てて田島と休憩室を飛び出すと、皆一様にほっとした顔を見せていた。どうやら工場が最優先での作業を引き受けてくれたらしい。

「やっぱ小久保さんっすね！　うちのＭＤは頼りになるっすよ！」

取りなしたのは、田島が先輩ＭＤとして尊敬する小久保だったようだ。八束と肩を組んでほっとした顔を見せる小久保に、潤も胸を撫で下ろした。

それでもトータルとして作業はかなり遅れるらしく、服の完成はユースコレクション開催のぎりぎりになるようだ。

忙しく動き始めた皆の様子を見て、潤は邪魔になるのを恐れてアトリエを辞することにした。


泰生がようやくヨーロッパから帰ってきた。いや、この後もまた幾つか海外遠征は入っているが、これまでのようにずっと行きっぱなしというスケジュールではない。

「泰生、お帰りなさい！」

Tシャツに九分丈のテーパードパンツ姿の泰生の前へと潤は飛び出した。

久しぶりの泰生は、ずっとモデルの仕事ばかりしていたからだろうか。いつもより表情が凛々しいというか鋭いというか、どの角度から見てもキマった顔になっている気がした。

「お、出迎えかよ」

が、潤の顔を見たとたん、くしゃりと笑顔になる。唇が歪むように引き上がり黒い瞳も悪戯少年のように感情豊かになって少々クセの強い表情へと変わるけれど、そんな泰生の顔こそが潤には一番かっこよく見えた。返事も忘れてつい見とれてしまう。

「潤？」

「泰生からメールをもらったので、このぐらいの時間かなって……」

楽しげに細まった目で見下ろされ、潤は恥ずかしくて俯いてしまった。

事務所『t.ales』があるのは、四階建てのファッションビルだ。一階と二階はレストランやカフェ、アパレルショップなどが営業しており、三階以上は主にクリエーター系のオフィスが入っていて、泰生の事務所も三階と四階に居を構えていた。

泰生から帰国メールをもらった潤は時間の見当をつけ、一番に泰生におかえりを言えたらと一階のカフェで休憩していたのだ。窓越しに泰生の姿を見つけて、思わず飛び出していた。

「やっぱ本物の潤は可愛いな」

「偽物がいたんですか？」

深刻な顔で潤が見上げると、泰生は楽しげに声を上げて笑う。

「ばーか。夢ん中の話だ。偽物の潤がいたらそれこそ会ってみたいぜ。けど、何が偽物なのかね。顔形がそっくりでも性格が違ったらもう別人だろ」

「そ…そうですか？」

何気なかったが、今の泰生の言葉は内面も外面も含めて潤なのだと言ってくれているようでちょっと嬉しい。しかもまだ続きがあった。

「性格も顔もまったく一緒だったら、それはもう潤そのものじゃねぇかって話だし。あー、でも潤がふたりいたら、やりたいことはいっぱいあるよな」

泰生は潤の肩を抱き、エレベーターまでの通路をまるでファッションショーのランウェイのように弾みながら上機嫌で歩いて行く。あおりを受けて潤も大いに揺すぶられたが、そんな行為も楽しくて笑い声がもれた。

「おれがふたりいたら、泰生は何をやりたいんですか？」

「んー、やっぱエロいことだろ」

扉が開いたエレベーターの中へ引きずり込まれて、泰生と向かい合わされた。

ふたりだけの空間で泰生に見下ろされて、潤の胸に甘いものが込み上げてくる。何かを待つように瞳を悪戯っぽく光らせる泰生に、潤は一歩近付く。

「お帰りなさい……」

伸ばされる腕に誘われて背伸びをしていた。泰生の肩に触れ、降りてくる唇に目を閉じる。温かい唇が自分のそれに触れ、肩に置いた手にぎゅっと力を込めた。

「ただいま、だ。マイハニー……」

オリエンタルなパヒュームに混じって、泰生の髪からふわっと懐かしいような香りが落ちてきた。それは潤が以前ミラノやパリなど古めかしい街を歩いていたときにふと鼻先をよぎった香りで、泰生がずいぶん遠くから帰ってきたんだなと実感する。

その瞬間、きゅうっと胸が切なくなった。

「本当に……お帰りなさい」

触れ合わせるだけのキスしか出来なかった。

背後で、ポーンという電子音と共にエレベーターの扉が開いたからだ。

けれどそれで十分だった。少なくとも潤は。泰生はというと、エレベーターの扉をもう一度閉めようと腕を伸ばしていたけれど。

その腕を、潤は全力で止めた。

「何だよ。キスぐらい飽きるほどさせろよ。やっぱ潤はもうひとり必要だな。ふたりにキスをするくらいでちょうどいい。あぁいや、今のだったら十人分くらいか」

「えぇ〜」

にやにやと笑う泰生に、潤は顔を真っ赤にして抗議の声を上げる。それでもエレベーターの外へと歩き出してくれてほっとした。潤も後に続いてエレベーターを降りた。

「部屋にさ、あふれるくらい潤を侍《はべ》らせたいよなぁ」

「部屋中がおれでいっぱいなんて、何か嫌です」

「何でだよ？　癒やされんだろ。あっちでもこっちでも潤が『わーわー』言ってんだぜ。お互いぶつかり合って『ごめんなさい』とか言い合ってるのも想像出来て笑える。身動き出来ないくらいぎゅうぎゅうに箱につめ込まれてんのを上から見るのも悪くないよな」

「それ、何かもう別ものです！」

「くくく。だったら前と後ろにくっつくだけでもいいぜ。これだったらふたりで済むし」

歩きながら泰生が振り返ってくる。

泰生の前から後ろからと自分がふたり抱きつく光景を想像して、潤はむぅっと唇を尖らせた。

「やっぱり嫌です。ふたりでもきっと泰生を取り合ってケンカしてしまうので——何ですか？」

振り返ったままの泰生が何とも言えない表情で見下ろしていたため首を傾げる。と、泰生が腕で巻き込むように潤の肩を抱いた。そのまま引き寄せて、潤の頭に小さなキスを落とす。

「ひゃっ」

「やっぱ潤はひとりでいいや。こんなのが何人もいたら、おれがもたねぇ」

そう言うと、潤の肩を抱いたまま事務所のセキュリティードアをくぐった。

「お帰りなさい、ボス」

レンツォと黒木はもう事務所に来ていた。

「んー、何か飲みたいな。潤、頼めるか？」

「はい。コーヒーでいいですか？　それとも甘いものにしますか？」

「甘いのがいい」

リクエストに答えて、いただきものの焙じ茶ラテを準備する。一緒に皆の分も入れることにした。レンツォはエスプレッソ、黒木はノンカフェインのコーヒー、潤はウーロン茶だ。

大きな一枚板の作業用テーブルに潤が戻ってくるのを待って、ミーティングが始まった。ユースコレクションを間近に控え、事務所『t.ales』のメンバーが集まっての報告会だ。

今回、潤たちとは別行動のレンツォと黒木は、ユースコレクション全体の演出を任されている新人演出家・貴島のフォローが仕事だが、話に聞くとずいぶん苦労しているようだった。

「うーん、とにかく大変だったよ。いろいろやりたがりの上に、泰生から聞いていた以上に気《き》忙《ぜわ》しい性格でさ。トップの人間が次次って急かすから、下につく人間は本当に大変だった。友《とも》美《み》ちゃんなんて、きれいな顔にクマまで作って働いてたんだよ？」

「誰だよ、友美ちゃんって」

苦笑を浮かべた泰生が思わず突っ込む。

「友美ちゃんは、キュートな唇が印象的なイベント会社の子だよ。貴島ってせっかちな上に土壇場で考えを変えることがあってさ、現場を大混乱させるんだ。友美ちゃんも――」

仲よくなった女性の話を交えながら報告するレンツォの隣で、黒木が渋い顔をしてこめかみを揉んでいた。今の仕事先でも、レンツォは相変わらず女性に優しくて人気者らしい。

「――そっちは本人に始末をつけさせたからこれで貴島さんも少しは懲りたでしょ。しばらくは大人しくしてくれるはずだけど、ショーはこれからが本番だから、ちょっと心配なところね」

そんなレンツォの代わりに、ユースコレクションのショー会場ではいろいろと大変だったことを、黒木がまとめて報告してくれた。初めて大きなイベントを演出するということで張り切った貴島があれもこれもと欲張って、レンツォたちがフォローに走り回ったという話だ。

ふたりの話を聞いて、今回は楽をさせてもらったんだなと潤は少し申し訳なかった。

「あと、インスタレーション形式でのイベント参加で、辞退の申し出が一件あったわ。えっと、そう『& Meque』ね。本人は体調不良を理由にしてたけど、噂によるとどうもスタッフ内でトラブルが起こったみたい。『& Meque』は二階の奥——二Cの展示ブースだったから、取りあえず今のところはそのまま閉鎖にするつもり」

潤は思わず報告する黒木を見た。

今黒木が言ったブランドは、この前会った人のものではなかったか？

浅香と小久保と田島をユースコレの展示ブースへ案内したときに偶然会った体格のいい男だ。確か上田という名のデザイナーで、印象的な低い声をしていて——。

「あっ」

「どうした、潤？」

「あ、いえ。すみません。続けてください」

不審な顔をする泰生に、潤は慌てて首を振った。

ふと、あることを思い出したのだ。

小久保と浅香がイベント当日に展示する服の話をしていたとき、いつの間にか潤たちの背後に上田が立っていた。あの時、確か染色の件も話題に上っていた。『繊細な色が出せると有名な兵庫の工場に頼んで』と。

そしてその後、八束のアトリエで染色織物の依頼が取り消される事件が起こったのだ。低いだみ声の犯人によって。

八束のアトリエの人間しか知りえない情報だと田島は言っていたが、あの時小久保たちの話を聞いていたら、同じ業界人だったらどこの工場に仕事の依頼を出したか、もしかしたらわかるかもしれない——？　それに、上田という男はもともと八束や小久保に恨みを持っているらしいし、特徴的な低いだみ声というのも同じで。

そこまで考えて、潤はすぐに否定した。大して知りもしない人を勝手に犯人扱いするなんて失礼だ。潤は猛省して、さっと考えを吹き飛ばした。

「あの、最後はおれから報告します」

そんなことを考える余裕があったら、自分の仕事を完璧にやり遂げるべきだ。

潤は、八束が何者かの妨害を受けて服の製作に少々支障をきたしている旨を報告した。田島と連絡を取り合ってその後の進捗状況も確認しているのだが、脅迫状は今もしつこく届いているらしく、最近では八束も少しナーバスになって作業が遅れ気味だという。

「ふぅん、あとで電話しとくか」

泰生も心配のようだ。

ミーティング後、潤は四階のボス室で八束のアトリエで起こっている件の詳細を話した。

「誰でも一度は経験することだよなぁ。特に、八束はここまでそれなりに成功してきてるから、妬む人間が出てくるのはわかる。あいつもある程度は想定済みだろう。ただ、ここまで直接的な攻撃をしかけてくるとは思ってなかったんだろうな。クリエーティブな仕事だから、そういうメンタル面が作業に直に影響するんだろ。今が踏ん張りどきだな」

ソファに長い足を組んで座り、泰生がふんと鼻を鳴らす。

突き放しているようでいて、泰生は親友が乗り越えることを疑っていない。何かを考えるように宙を見つめる泰生の目は、どこか達観したものだった。

「泰生も、そういえば以前嫌がらせを受けていたんですよね？」

昔まだモデルとして大成していない頃の話だ。泰生が単身でヨーロッパのファッション業界に乗り込んだとき、ずば抜けた容姿と才能、そして強烈なキャラクターのせいでずいぶん大変な目に遭ったらしいことは聞いたことがある。

「嫌がらせなら今も受けてるぜ」

「そうなんですかっ」

「脅迫状はもちろん、悪意のあるプレゼントもがんがん送られてくるらしい」

潤は目を丸くして泰生を見た。が、泰生は気にもしていない風に笑った。

「まぁ、有名税だと諦めてる。もっとも、専門の機関を通して問題ないヤツだけを転送してもらってるから直接おれの目に触れることはないがな。定期的に報告が上がってくるだけだ。あんまりしつこいヤツにはそれなりの処理をお願いしているし」

「それなりの処理って、どんな……？」

「潤は聞かない方がいいだろうな。夜――眠れなくなるぜ」

唇の片端だけを上げるように笑う泰生はいつも以上にワイルドで、何だかドキドキした。

ユースコレクションが開催されるのは、八月中旬の土日。その前日の金曜日、八束の展示ブースではインスタレーションのための作業が始まっていた。

最初は、クリエーティブ・ラボ『アビノ』による大型オブジェの設営だ。

昨日から今日の朝方までかかって若手クリエーターたちがブースに作り上げたのは、異世界の地下空間だ。白く染め上げられた展示ブースに、和紙を使って純白な植物の根のオブジェを設営したのだ。天井からも根がぶら下がり、ひと抱えほどもある大きな根がうねうねと床を這い、展示ブースに道筋を作っている。

空間も根のオブジェも白一色のためか、巨大なオブジェで展示ブースが埋め尽くされていても圧迫感はさほどない。が、代わりに不気味とも神々しいとも思えるまったくの別空間へと生まれ変わっていた。

「うわっ。本当にちょっと違う世界に来たみたい」

花材が乗ったカートを手に、未尋が大きな声を上げた。

まさに泰生の意図した通りで、潤は思わず口元がほころぶ。

オブジェ設営のあとは、午後に入ってフラワーデザイナー・浅香の作業だ。スタッフたちの手によって大量の花が次々に運び込まれてくる。

「これ、全部和紙で作られてるのか？　あ、本当に紙だ」

「触れても大丈夫ですよ。中に芯があるので、少し触ったぐらいで形は崩れないとのことです」

「うーん。和紙のシワやヨレがいい感じに荒れた木肌を表現してるな。いや、この場合は根肌って言ったほうがいいのか？　これ、わざとこんな加工にしてんだよな」

潤の声に、浅香も未尋も興味深くオブジェを触り出した。

「浅香、ちょっと変更点が出たんだ。作業に入る前に、問題ないか確認しておいてくれ」

ブースの設備担当と会っていた泰生が戻ってきた。スポットライトの位置を変更するとかしないとか話し合っていた件だろう。潤も浅香と一緒に話に聞き入る。

浅香が行うのは、脚部以外の、手先や頭部など服から出る部分を花やグリーンを使ってボタニカル・マネキンを作る作業だが、そのマネキン本体は八束の服を着せる際には——万が一でも服を汚さないように——花を飾る部分が取り外せる特別製だ。

白い根っこのオブジェが床を這う合間にマネキンを配置するスペースがあり、未尋を含めた浅香のスタッフたちはさっそく作業に取りかかっていた。花材に必要な処理は事前に半分ほど済ませてあるそうで、浅香が華麗な手つきでボタニカル・マネキンを作り上げていく。

「面白いな。頭から突き出たアンテナもどきがいい味出してる。あれ、何てグリーンだ？」

そう潤に尋ねてくる泰生は、今日はウエスタン調の赤のTシャツにデニム、テンガロンハットにウエスタンブーツという格好だ。魅せる職業に就いているせいかそのまま立っていても存在感は半端なく、展示ブースの外を歩く人々の視線さえも力業で引き寄せていた。

真っ白い根っこの空間で、まるで泰生が一輪の花のようだ。

「わからないです、たぶん蔓性《つるせい》の植物だと思うんですが。ゆらゆらして愛敬がありますね」

「ああいうセンスが面白いんだよな、浅香って。以前話してたとき、ユーモアはあるしアイデアも大胆で、一度組んで何かやりたいって思ったんだ。今回誘ってよかったぜ」

八束のインスタレーションに浅香の花が組み込まれたのはそういう内情があったらしい。

「八束さんの方は大丈夫でしょうか？　ぎりぎりの仕上がりだっておっしゃってましたが」

本来は浅香のマネキン製作に合わせて八束の服も仕上がる予定だったが、やはり中盤のトラブルが響いたらしく、インスタレーションで展示する服はまだすべては仕上がっていないという。そのため服の搬入は今夜か明日の朝になりそうで、浅香には明日もう一度会場まで来て最終調整をしてもらう必要があった。

八束は仕上げてくると潤も信じているが、起こったトラブルの深刻さをあの場で見て知っているために、やはり少し心配だった。

「問題ない。八束のことだ、きっちり仕上げてくるだろ」

が、泰生は何でもないことのように答える。

「あいつは自分だけが損するトラブルならさっさと諦めて切り上げるが、誰かに迷惑がかかる場合はどうにかしてでも仕事をやり遂げるヤツだからな。スタイリスト時代、クライアントに無理難題を吹っかけられても取引相手にドタキャンを食らっても、決して仕事に穴をあけることはなかった。そういう面では信用のおけるヤツだ」

泰生の言葉には揺るぎがなかった。

同じファッション業界で働いてきただけに、八束のいろんな面を知っているのだろう。ふたりは親友だが、ある意味戦友と言ってもいいのかもしれない。

「そうですよね。八束さんですから」

「まぁな。それより、おれは本部の方が心配だ。貴島のヤツ、また何をやらかしてんだか」

「さっき黒木さんから連絡が入った件ですか？　もしかして、行ってきますか？」

「んー。ここは潤に任せていいか？」

何か気になるようにメイン会場がある方向を見やる泰生に、潤は大きく頷く。

ユースコレクションのメインであるファッションショーには今回泰生は関わっていないのだが、そちらを受け持つ演出家の貴島がここに来て暴走気味らしく、黒木からとうとうヘルプの声がかかった。泰生は自分が行く場面ではないと言っていたが、やはり放っておけないようだ。

泰生を見送ったあと、潤は会場で浅香たちの作業を見守るが、さすがカリスマ・フラワーデザイナーは何事にも堅実な仕事ぶりでミスの起こりようがない。潤はただただ見ているだけで時間がすぎていく。自分も何か手伝う必要があるだろうと、今日はTシャツにデニムという動きやすい格好をしているのに、まったく意味がなかった。

作業が夜に入ったころ、一本の電話がかかってきた。友人の大山からビルの前に着いたとの連絡だ。近くにいた未尋に席を外す旨を告げ、大山が待つ建物の外へと出る。

「時間ぴったり。大山くん、今日は本当にありがとう！　すごく助かったよ」

「何が『すごく』だ。ぜんぜんだろ。こんな軽い仕事で金はもらえないって。バイト代はいらないからな」

ビニール袋のひとつを受け取って潤が感謝の言葉を述べると、大山が肩を竦めた。

実は今回大山にもバイトを頼んでいたのだ。作業をする浅香たちへのまかないとしてデパ地下から弁当を買ってきてもらう仕事だが、大山としても思いを寄せる浅香の仕事ぶりが見られると一も二もなく了承してくれた。

「うぅっ。こんなに重いのを持ってきてくれたんだ。本当にありがとう」

「潤は体力ないよな。んじゃ、こっちを持てよ」

大山は笑うと、潤が持っていたペットボトルが入ったビニール袋を取り上げて手持ちのトートバッグと取り替えてくれた。これもなかなか重いが、さっきほどではない。

「ごめん、ありがとう。でも、バイト代はちゃんともらって欲しい。大山くんに今回の仕事を頼んだのは、大山くんだからなんだよ。仕事の軽い重い以上に、重要なプロジェクトの現場だから信用のおける人じゃないと出入りさせられないというか。大山くんの人柄と日頃の信頼があってこそ頼めた仕事だったから、大山くんがいなかったらとても困ってた。だから――」

「あぁ、もういいっ。わかったから、背中が痒くなるようなことを連発するなっ」

大山は照れたように乱暴に言い放った。そんな恥ずかしがるようなことを言っただろうかと首をひねる潤だが、重い荷物をまだ両手に持っているというのに、大山はさっさと歩いて行く。案内するはずの潤の方が小走りでついていかなければならなかった。

「大山くん、これ、首からかけてくれる?」

持っていた予備の通行証を大山の首にかける。

イベントを明日に控え、どこのブースも準備に大わらわだ。出入りする人間を厳しくチェックする警備スタッフに通行証を見せて、ふたりで中へと入った。

「うわ。何か、またすげぇことになってんな。服の展示会って、こんなんなのか?」

「ううん、たぶんここが特別だと思う。八束さんが三月にブランドを立ち上げて最初のイベントということもあって、こういう方向性で行くんだと明確に示しておきたいから気合を入れてるんだって。こっちだよ、ここから入るんだ」

いったん荷物を入口付近に置くと、浅香たちの元へと一緒に歩いて行く。タイミングを見計らって浅香たちに声をかけると、わっと嬉しげな声が上がり作業中断となった。

「すみませんが、食事は休憩スペースでお願いします。ここは狭いので、お弁当は出入口でお渡ししますので」

潤が誘導すると、大山がブースの入口に置いていた弁当とペットボトルを渡していく。

「浅香さんにはこっちを」

「何の弁当だ？」

浅香は渡された弁当に被せてある紙をめくろうとするが、その手を大山が止めて有無を言わさずペットボトルを握らせている。

「牛めし幕の内弁当です。野菜もしっかり食べきってください」

「うっせぇ」

面白くなさそうに毒づいた浅香だが好き嫌いを知られて拗ねているようにも見え、ふたりのやり取りは妙に微笑ましい。

「足りなかったとき用に、別にいなり寿司を作ってきたので、こっちもどうぞ」

デパ地下の弁当とは別に、トートバッグから出してきた二段のお重には小さめのいなり寿司がつまっていた。

「すごい。これ、大山くんが作ってきてくれたの？　わざわざ大変だったよね」

「いや、揚げは市販品のを使ったから手抜きだ。こっちのが五目いなりで、揚げが裏返してある方はしば漬けとしらすが入った変わりいなり。潤も好きに食べろよ」

領収証とお釣りをもらって、潤も弁当を渡された。炊き合わせや鰻《うま》巻きなどが入った小さめの和風弁当だ。どれも潤が好きなものばかりで、思わず頬が緩む。

もしかしたら、大山は渡す相手を想定して弁当を選んだのかもしれない。

気が利いてるなぁ。これだから大山くんにぜひまたバイトを頼みたいって、八束さんとこのアトリエスタッフが催促してくるわけだ。

泰生の分だと受け取った老舗京料理店の料亭弁当を見ながら、大山の仕事ぶりに感心する。しばし休憩の時間を取ったあと、また作業再開となった。食事と休憩を取ったおかげか、作業はずいぶん捗《はかど》っているようだ。デザイン案は事前に作ってあるとはいえ、集中して行う作業であるのは変わらないようで、冷房が効いた室内だったが浅香の額には汗が浮かんでいた。

「浅香さんって、すごいね」

隣で、そんな浅香に見入っている大山に話しかける。

好きな人が働く姿は、きっとすごくかっこよく見えるだろう。潤も何度も経験があるが、大山の横顔を見て、その時の気持ちが蘇ってくるようだ。

「あぁ。あんなすごい人だったんだと改めて思った」

「うん」

「折れそうに細いのに、あのバイタリティーって何なんだろうな」

「うん」

「さっきさ、あの人は肉たっぷりの幕の内を食ったくせに、おれの作ったいなり寿司をさらに八個も食べたんだぜ？　でも、食った以上の仕事をしてんだな」

「うん、そうだね」

大山の目がほんの少し切なそうに細まった。

「おれのずいぶん先を走ってんだなって、再確認した。差は広がるばっかだよな」

「それは――これからだよ。まだおれたちは学生だし、働いている人とは確かに差はあるけど、将来スタートラインに立ったときに、一日でも早く追いつけるべく今全力で努力をすることが大事なんじゃないかな」

大山に言いながら、この前末尋が諭してくれたことが本当の意味で理解出来た気がする。

泰生との年齢の差も仕事ぶりのすごさも潤にはどうしようもないことだ。それはそれで納得して、ならどうしたら将来一日でも早く泰生の戦力になれるか今やるべきことを考える。

まだ自分はそれを見つけていないが、なるべく早く見つけたかった。

「そうか。そうかもな」

大山も何度も噛みしめるように返事をしていた。そんな大山をちらっと横目で見て、潤はずっと気になっていることを訊ねてみる。

「大山くん、聞いてもよければ……浅香さんといい雰囲気なんだけど、何か進展あった？」

「はっ!?　何を見てそう思ったんだよ」

焦ったように振り向く大山に、潤はあれっとなった。

「違った？」

「ないぜ！　何も！」

「うーん。さっきのお弁当を渡しているとこだったり、前に大山くんのバイト先でミーティングしたときも、浅香先生と自然なやり取りをしてたというかナチュラルな雰囲気でいいなって思ったんだ。ちょっと親密というか、なれた感じ？」

「あー……」

思い当たるふしがあるのか、大山が唸る。そして頭をかいてため息をついた。

「浅香さんにおれの存在を知ってもらうってことに重点を置いて接してたら、どうも方向性を間違えたみたいで、ちょっと身内扱いされてんだよな。意識されてないというか。世話焼きの弟的な見方をされてて、自分でも最近ちょっとヘコんでたところだ」

「そっか」

「今の穏やかな関係も悪くないんだけどな。なぁ……参考までに聞くが、年上の人間に意識してもらうためには、どうすりゃいいんだ？」

「えぇっ!?　それは…えっと……えぇ〜っ」

難しいことを聞かれて、潤は悲鳴を上げる。

「何だ、何か問題でも起こったのか」

そのタイミングで泰生が帰ってきた。悲鳴を聞かれたようで、眉を寄せて近付いてくる。

泰生の登場に、とたんに大山が気を張った。大山と泰生はどうも相性がよくないようで、特に大山は泰生にそれとなく対抗意識を抱いているようだ。

「おれのプライベートの問題だ。潤、こいつに話す必要はないぜ」

大山はすぐさま箝口令《かんこうれい》を敷く。が、その反応に泰生がチェシャ猫のように笑った。

「何だ、浅香の話か。大山が潤にコイバナね。ま、恋愛に関しちゃ潤の方が十歩も二十歩もリードしてるからな」

すぐにそれと察する泰生だから、大山も苦手意識を強くするのだろう。むっとした顔で見える大山に、泰生は小さく鼻を鳴らした。

「今の状況に満足しているようじゃ、進展もしねぇだろ。浅香も何かいろいろ頑固そうだし」

潤たちの話を聞いていたわけでもないのにそんなアドバイスめいた発言をする泰生に、潤も大山も思わず黙ってしまう。泰生の目にはいろんなものが見えているらしい。

「さて、そろそろ終わりか——」

泰生は言うだけ言ってさっさと浅香の方へ行ってしまった。残された潤は、気難しそうに黙り込む大山を見て、どうしようと困る。

「えっと、ごめん。ちょっと泰生は奔放というか、常識に囚われない感じで、少し言葉がきついところがあって……」

「自分の好きに生きてて、ああやって成功出来るって、ある意味すげぇよな」

潤は取りなそうとするが、大山はどこか落ち込んだような乾いた声で話を締めくくった。

「――うん、ごめん」

それ以外に、潤に何が言えようか。

どうやらマネキン製作は終了したようで、泰生と浅香が最終チェックを行っている。

「大山くん、どうする？　もう少し見ていく？」

「あぁ。いなり寿司があと少し残ってるから、浅香さんに残りを渡してから帰ろうと思う」

「そっか。じゃ、好きなところで見てて。ちょっと行ってくる」

泰生のもとへと近寄ると、浅香と握手を交わしているところだった。

「すげぇよ。想像以上だった。浅香の作るフラワーオブジェは独特だな。時が止まっていた真っ白な地下空間があんたの作ったフラワーオブジェですっかり息を吹き返した。これがおれの求めていた完成形だって思ったぜ。あんたと組めてよかった。サンキューな」

「天下の『タイセイ』にそんな嬉しいことを言われるとは思わなかったよ。楽しい仕事だった。こちらこそ誘ってくれてありがとう」

めずらしく熱く語る泰生に、浅香も照れたように笑う。

てきぱきと撤収作業に入る浅香とスタッフたちだが、潤と泰生も今日は引き上げることになった。八束の服が明日の早朝の搬入になると連絡があったからだ。ボタニカル・マネキンと服の微調整が必要な浅香も、明日の朝もう一度会場まで来てくれることになった。

泰生がビルの管理会社へ話をしに行き、潤は明日することを再チェックする。

「えっと、明日は朝七時に鍵を開けて――」

タブレット端末をチェックしていた潤だが、ふとブースに誰かが入ってきたのに気付いた。振り向くと、潤も一度見たことがある人物だ。

確か名前は上田だったたか。しかしなぜ彼がここにいるのか？

格闘技をしているように体格がいい男は、小久保と同級生のデザイナーだったはず。今回のユースコレクションで八束と同じくインスタレーション形式で服を披露するはずだったが、少し前にイベントを辞退すると黒木から聞いたのだけれど。

「あの、何かご用でしょうか。ここは関係者以外はまだ立入り禁止なんですが」

今日もしゃれたシャツにスラックス姿だが、以前と違ってくたびれた印象を受けるのはそのシャツがアイロンもかかっていないようなシワくちゃだからだろう。入口から入ってすぐのボタニカル・マネキンを見つめる上田の目が尋常でない輝きをしていることに、潤は一瞬声をかけそびれる。それでもすぐに気持ちを整えて話しかけると、上田はびくりとしてこちらを見た。が、潤を認識して小馬鹿にしたように鼻を鳴らす。

「何だガキ。おれが誰だか知っててそんなことを言ってんのか？　バイト風情が。首にするぞ」

「いえ、あの……」

潤が口ごもったタイミングで、ブースの奥から浅香が声をかけてきた。

「潤くん、明日のことだけど――あれ、上田さま？」

「あぁ、浅香さん。このマネキンは浅香さんの作品でしょう。いやぁ、やっぱりすばらしい」

浅香が現れたとたん、上田の表情はころりと変わる。笑顔を浮かべて、ボタニカル・マネキンを絶讃し始めた。

「この作品をどうしておれのために作ってくれなかったのか。八束にはもったいなさすぎる」

「上田さま？　どうしてここに？」

事情を知っているかとばかりに浅香から視線を寄越され、潤は小さく首を横に振った。

「そうでした。実は、八束のことで大事な話があるんです。浅香さんはきっとご存じないだろうと思って。ここでは何なのでちょっと――」

喉に絡むようなだみ声をひそめ、上田が浅香を外へと連れ出そうとする。身ぶり手ぶりが大きい上田に誘われるように浅香がブースから出て行くのを、潤は当惑して見送った。

八束さんのことで、何の話をするんだろう。

休憩スペースを通りすぎて廊下の向こうへ消えたふたりに、潤はほんの少し不安になる。

浅香は何のためらいもなくついていった。が、上田に関して気になるところがあった。

八束のアトリエが依頼した先染織物の注文を勝手にキャンセルした犯人が、上田ではないかという疑いを潤は以前抱いたことがある。推測だけで人を犯罪者扱いするなど絶対してはいけないとすぐに否定したけれど、先ほどマネキンを食い入るように見ていた異様な目つきを思い出すと、疑いが再燃してくるのだ。

それに、どうして上田が辞退したはずのインスタレーションの会場にいたのか。

胸騒ぎに背中を押されるように、潤の足は動き出していた。

「ちょっと様子だけ……」

一緒に来てくれたら心強いと一瞬だけ大山の姿を探したが、ブースの最奥にいるのを見て潤はひとりで歩き出す。それに、今の説明がつかない思いをうまく言葉に出来る自信もなかった。八束のことで何の話をするのか。別に聞き耳を立てようというわけではない。ただどうしても気持ちが落ち着かないため、遠くからでいいので浅香の姿を確認しておきたかった。

そう思い浅香たちが消えた方向へと向かったが、ふたりの姿はどこにも見当たらない。

「外まで出たのかな」

夜もふけてきたためか、ビル内もずいぶん人が少なくなっていた。正面玄関へと回ったが、外にも浅香の姿を見つけられなくて潤は不安になってくる。

どうしていないのか。そんなに遠くまで行かなければ話せないことだったのか。

「そういえば、駐車場への裏口もあったっけ」

独りごちて向かおうとしたとき、デニムのピスポケットに入れていたスマートフォンが震え出す。取り出すと、泰生からの電話だ。

『潤、おまえ今どこだ？　おまえがブースの鍵を持ってたよな』

「はい。おれが——あ、末尋さんたちの撤収作業が終わったんですか？　すみません、すぐ戻りますからっ」

裏口を確認したら戻ろうと足を速める。ふと、その時嗅いだことのある匂いが鼻先をよぎった。先ほどの上田がつけていたきつい香水の香りだ。やっぱり裏口の方だったかと潤はほっとする。自分の足音だけが響く通路をしばらく歩き、ようやく裏口の鉄扉を開いた。

「今ちょっと裏の駐車場の方へ来てて。その、浅香さんが……」

『駐車場? 何でまたそんなとこへ行ってんだ。あぁ、そういや浅香がいないって未尋たちも探してたな。何だ一緒なのか』

「それが、上田さんという人と一緒に、えっと『& Meque』というブランドのデザイナーの人が浅香さんを連れて行ってしまって――」

言葉を途切らせたのは、人気がない駐車場の奥から言い争っているような声を聞いたからだ。そのどちらの声にも聞き覚えがあった。浅香と上田のふたりだ。潤は急いで歩き出す。

『そいつってユースコレを辞退したんじゃなかったか。おい、潤?』

夜の暗がりで見えにくいが、ドアが開いた車の前でふたりの人物が揉み合っているのを見つけた。背恰好から潤が探しているふたりに間違いないだろう。思わず潤は息をのんだが、その気配は泰生にもしっかり伝わったらしい。

「たっ、た…たっ…泰生っ。浅香さんがっ、浅香さんがっ」

『おい、潤!? 浅香がどうしたっ』

「早く来てくださいっ。あっ……わっ…待って、ダメですっ。乗っちゃダメっ」

『潤、おいっ』

泰生が何か言っているのは聞こえたが、その時はもう潤は走り出していた。

抵抗していた浅香が大柄な上田に無理やりに車に乗せられようとするのを見たからだ。自分に何が出来るとは思わなかったが、体が動いてしまっていた。

「わ～～～っ」

今まで出したこともないような大声が出た。上田がはっとこちらを振り返ったとき、彼の右手にきらりと光るものが見えた。それに体が竦んだのがいけなかったのだろう。

「っ、わぁっ!?」

勢いよく走っていた潤だが、足が縺れたタイミングでアスファルトの出っぱりか何かに爪先を引っかけて転びかける。転倒を覚悟してぎゅっと目を瞑ったが、体は勢いよく何かにぶつかって止まり、何とか転ぶのを免れた。

ゴンッ――――…。

「っ…痛ぇえっ」

代わりに、すぐ近くで硬いもの同士がぶつかった音がした。間髪容れずに痛そうな悲鳴も。

慌てて体を起こして確認すると、目の前で上田が頭を抱えて顔を歪めている。

どうやら潤が転倒を免れたのは上田に衝突したためで、しかしそのせいで上田は車のドアの上部に思いっきり頭をぶつけたらしい。

「あぁっ。すみませんっ、大丈夫ですか？　あの、ごめんなさいっ」

潤はあわあわと上田の顔を覗き込む。

「えっと、痛いですよね？　大丈夫――わっ」

「そんな悠長に心配してるときじゃないからっ」

その潤の腕を、後ろから勢いよく引かれた。浅香だ。

「っ……きさまぁあっ、よくもやってくれたなっ」

上田が鬼の形相で潤を睨みつけてきた。竦み上がる潤を、浅香が背中に庇う。その浅香の腕も小さく震えているのに潤は気付いた。

あぁ、どうしてひとりで来てしまったんだろうっ。

潤は心から反省する。頼りのスマートフォンは先ほどの衝撃で潤の手から飛んでしまい、上田が立っている向う側に落ちていた。

「どいつもこいつもどうしておれの邪魔をするっ。殺すぞ、きさまっ」

振り上げられたナイフに、思わず浅香の腕を摑んで逃げようとした。その瞬間、勢いよく潤たちの前に飛び込んできた影があった。一瞬で、目の前から上田の姿が消える。

「があっ」

悲鳴と共に、上田が吹っ飛んでいた。代わりにいたのは、肩で息を吐く大山だ。

「大丈夫ですかっ」

振り返った大山に、浅香が呆然と名前を呟くのを聞いた。もう一度鋭く大山から確認されて慌てて頷く浅香につられるように、潤も大丈夫だと声を上げる。

「大山っ。ナイフを持っているから気をつけろっ」

浅香の注意の声に大山がわかったと片手を上げるのと、起き上がってきた上田がナイフを振り上げるのは同時だった。光るナイフが大山に振り下ろされるのを見て潤は息をのんだが、その上田の手首を狙うように大山が横から蹴りを入れる。

まるで映画のアクションシーンのような鮮やかなキックだった。ナイフが吹き飛ぶほど強く手首を蹴られて体勢を崩した上田に、大山が拘束しようとのしかかっていく。が、上田も正気を失っているみたいに死ぬ気で抵抗していた。

「大山っ。大山っ」

浅香が悲鳴のような声を上げている。潤も体中に力が入った。

格闘の強さでは圧倒的に大山が上だろうが、体格のよさと上田の必死ぶりに苦戦しているようだ。そうこうしているうちに、隙を突いて大山の腕をすり抜けて上田が逃げ出してしまう。

上田は車に乗り込むとドアをロックし、必死でエンジンをかけ始めた。

「こいつ、待てっ」

「大山っ。危ないからっ」

追いかけようとした大山を止めたのは浅香だ。必死で腕を摑んで首を振る。それを見て思いとどまった大山に潤もほっとしたが、エンジンがかかって走り出そうとした上田の車へ横から走って近付く人物がいた。

「泰生っ⁉」

驚愕する潤の前で泰生は華麗に車のボンネットへと駆け上がると、フロントガラスを踵で蹴りつける。ボンッと不思議な音がして、フロントガラスに蜘蛛の巣状の大きなヒビが入った。潤がいる場所からは横のガラス越しに運転席が見えたが、先ほどまで逆上していた上田が、今は顎を落としたように大きく口を開いたまま呆然としている。

車はいつの間にか完全に止まっていた。

「——おれの潤に手ぇ出して、ただで済むと思うな」

暴れ馬を御するがごとく車のボンネット上に悠然と立ち、テンガロンハットをかぶってカウボーイさながらの泰生にきつく凄まれたせいか、上田は逃げる気も失ったようだ。

そこに次々とやってきたのは、未尋など浅香のショップスタッフたちとビルの警備員だ。上田は警備員に車から引きずり下ろされてすぐに拘束された。

ボンネットから降りてきた泰生に潤は走っていく。

「泰生っ、危ないことはしないでくださいっ」

「それはおれが潤に言うセリフだ。何ひとりで突っ込んでいってんだよ」

潤がつめ寄ると、逆に強い口調で叱られた。

「電話越しに聞こえてくる様子に、冷や冷やしただろ。弱いくせにひとりでいくな、バカが。男の『殺すぞ』って声におれの方が震え上がったぜ」

「……はい。ごめんなさい。心配をかけました」

潤がうなだれると、大きなため息のあと乱暴に腕を引っ張られた。泰生の胸に一度強く抱きしめられて、またパッと離される。抱かれた腕の強さに、心配の度合が見えた気がした。

「すごいタイミングで来てくれて、本当にほっとしました。嬉しかったです」

「バカ。そうやって笑って言えるのは、間に合ったからだ」

トンとこぶしで頭を軽く叩かれて、叱られているのになぜだか潤は嬉しくなる。

「――はい。本当にごめんなさい」

「だが、おまえが駐車場って事前に言っといてくれて助かったぜ。何かおまえが叫びながらムチャやってる音が聞こえてきて、生きた心地がしなかったんだからな」

どうやら、地面に落としたスマートフォンはまだ通話が繋がっていたようだ。思い出して拾いに行くと、画面にヒビが入っていたけれど電源はついた。

浅香の方はと見ると、助かった安堵からかすっかり体の力が抜けているようだ。しゃがみ込む浅香の周りに、未尋や他のスタッフが集まっていた。その真ん中にいるのが大山だ。

「浅香さん、大丈夫ですか？　どこかケガはしてないですか？」

ぼうっとして返事が出来ないでいる浅香の代わりに、大山はケガの有無を確かめるように浅香の腕や体をぱたぱたと触っている。そうやって触られてようやく気持ちが戻ってきたのか、浅香ははっとして大山から距離を取ろうと立ち上がった。その顔は真っ赤だ。

「浅香さんっ」

「平気だ！　大丈夫だから、離れろ大山っ」

「浅香先生っ、まだ普通じゃないんですからどうか大人しくしててください」

過剰に大山を避ける浅香だったが、まだ足が震えているのか急に立ち上がって倒れそうになり、逆に大山に支えられる始末。未尋から叱られて、ようやく静かになっていた。

「――へぇ。今回のことはあっちに何か変化をもたらしたのかもな」

「変化、ですか？」

浅香たちを見ている泰生に、潤も視線を向ける。

「危ないところを華麗に助けにきてくれた男に、今までと違う感情が芽生えてもおかしくない」

そういえば、先ほどの大山は確かにかっこよかった。空手を長年やってきただけあって動きに切れがあったし、何と言ってもナイフを蹴り飛ばしたときの姿は潤も見とれたくらいだ。

「大山は、潤と電話で話していたおれの会話から浅香に何かあったってわかったらしくて、一目散に飛び出していったんだ。速かったな、ありゃ。おれが追いつけなかった」

泰生が非常に悔しそうに言う。そんな恋人に潤は含み笑いをして、大山たちを見やった。

大山と浅香の仲が今より少しでも先に進んだらいいと潤は願ってやまない。

「潤くん、さっきは助けに来てくれてありがとう」

その浅香が少し落ち着いたのか潤の元へやってきた。

「でも、あんな風に突っ込んでくるのは危ないからもうやっちゃダメだぜ。体当たりをかますなんてずいぶん男らしいけど、あぁいうのは腕に覚えがある人間のやることだ。潤くんには似合わない。しかもその後、何でか自分が体当たりを食らわせた男を心配して近付いていくんだから、おれはもうぞっとしたぜ」

「あの……あれは体当たりをしたわけではなくて。その直前に何かに足を引っかけて転びかけて衝突したというか――」

潤が小さくなって白状すると、浅香は虚を突かれたように目を丸くした。が、すぐに声を上げて笑う。そんな浅香に周囲も不思議がってわけを聞き、皆は何とも言えない顔をした。

「しかし、潤くんはお手柄だったな。君がおれのことに気付いてくれなかったら、あのまま車に乗せられて拉致されていただろうから」

浅香に聞くと、誘い出されて一緒に歩いていた途中から上田に持っていたナイフを突きつけられ、駐車場へ行くように脅されたという。その時に聞いた上田の恨み言から、浅香を人質に取って八束のインスタレーション参加をやめるように脅迫するつもりだったようだ。

潤もその流れで、ひとりで浅香のあとを追いかけたわけを告白すると、泰生はため息をつきながらも「潤らしい」と納得してくれた。

「それにしても、泰生は一番いいところを持っていくな。あれはかっこよかった。蹴りつけたフロントガラスが一瞬にして真っ白になったとこなんて、まるで映画みたいだった」

思い出してか、浅香が泰生を絶讃する。それには大山も興奮したように話に乗ってきた。

「よく一度蹴っただけでフロントガラスにヒビなんか入ったな。あれ、相当キック力がないとあんな一瞬でガラスにヒビなんか入れられないのに」

「あぁ。あれは、これだ」

かつんと踵を鳴らした泰生の足下に皆の視線が集まる。見ると、ウエスタンブーツの踵には歯車のような金属の部品がついていた。何でも拍車といって、本場のカウボーイたちが馬に合図を送るための道具らしい。

「ピンポイントでガラスに打ちつけたからな。上手くいってよかったぜ」

「何だ。すげぇと思って損した」

大山があからさまにため息をついた。そんな大山に周囲から笑いがこぼれる。

駐車場には警察が到着し、事情聴取が始まるところだった。

「何だ、眠れないのか」

水を飲みに行ったキッチンからベッドへまた戻ってきた潤に、泰生が声をかけてきた。ベッドの上で半身を起こした泰生の隣へと潤は体を滑り込ませる。

「すみません、起こしてしまいましたか？　明日が早いとはわかってるんですけど、何だか興奮して眠れなくて」

「まぁ、あんな目に遭えばそうだよな」

うっすらと辺りを照らす常夜灯のもと、気遣うような眼差しを向けられて潤は曖昧に笑った。

浅香が連れ去られかける事件が起きて潤も自ら頭を突っ込む形で巻き込まれたが、大柄な上田にナイフを向けられたのは、やはり衝撃だった。あの瞬間、全身の細胞が固まったみたいに動けなくなった。浅香と一緒に逃げようと頭では考えたけれど、体がついていかなかった。

結果的には助けられて問題なかったけれど、あんな強烈なシーンに遭遇したショックはなかなか抜けないようだ。怖いとか嫌だとかそういう気持ちはないが、気が昂った感じで落ち着かない。横になっても、眠気は全然やってこなかった。

明日は——いや、もう今日のことだが、朝が早い。

ユースコレクションのイベント開催は十一時スタートのため、それに間に合わせるために八束の服の搬入や浅香のボタニカル・マネキンの調整などで、早朝七時前には潤たちも会場へ着いておかなければならない。ということは、眠れる時間もあと数時間だ。

「泰生はもう眠ってください。おれはごろごろしてます。そのうちに眠れると思いますから」

潤は基本展示ブースでの受付や案内などの裏方作業をする予定だが、泰生はマスコミ対応で走り回ることになるらしい。それゆえに、きちんと休養して欲しいと思ったのだが。

「別にひと晩ぐらい眠れなくてもどうってことねぇよ。体調ケアが必要なモデルの仕事が入ってるわけでもねぇし。それより、ほらちょっと来い」

泰生に引っぱられて横へ移動すると、その潤の上に泰生が乗りかかってくる。潤のすぐ横に両肘をついて覆い被さる形だ。

「泰生？」

常夜灯のうっすらとしたオレンジの光に、泰生の顔は優しく照らし出されていた。淡い光ゆえに泰生の顔の凹凸がはっきりして、つくづく端整な顔立ちなんだなと感嘆する。

「おまえ、何か考えごとしてんだろ？」

「あっ、すみませんっ」

クツクツと笑われて、潤は慌てて目を伏せた。

「ま、いいけどな。どうせおれのことだろ？」

見破られて、頬が熱くなりそうだ。

今が暗くてよかった……。

「泰生、今日とてもかっこよかったです」

「何が？」

「カウボーイみたいに車のボンネットに乗ったところです。あと、一瞬で窓ガラスにヒビを入れたのも魔法みたいで驚きました。すごかった……。ボンネットに立ってる姿も、まるで王さまみたいだなって」

次々と思い出して語る潤に、泰生は虚を突かれたような顔をして苦笑した。

「車のボンネットの上にいる王さまって何だよ。ちっちぇ王さまだな」

「そうじゃなくてっ！」

すぐ茶化す泰生に潤はムキになった。そんな潤の鼻先に小さなキスをされる。誤魔化されたわけではなかったけれど、あまりにも優しいキスだったからつい口を噤んでしまう。

「わかってるって。王さまみたいに偉そうでかっこよかったんだよな？」

潤が頷くと、泰生はまた笑う。

「偉そうで悪かったな」

「あっ、ごめんなさい。でも、あの…偉そうなところがかっこよかったんです。本当です！」

「ふん。あくまで『偉そう』は否定しないのか」

少しは謙虚になるべきかなんて、泰生はぶつぶつ言っている。潤が必死で泰生のパジャマをくいくい引っぱっていると、目の前の恋人もようやく笑ってくれた。

「それにしても——おまえにかかれば、おれはカウボーイやら魔法使いやら王さまやら、すげぇいろいろな人間になるんだな」

「それは、だってかっこいいから……」

潤が言うと、泰生は照れくさそうに「バーカ」と声を出さずに言う。

「あのヒビだって、車のガラスがそういう構造だからだ。一箇所に傷を入れて力を込めると一瞬で全体にヒビが広がる仕組みで、別におれがすげぇってわけでもないんだぜ？」

「そうなんですか」

それでも、潤の中で泰生のあの時のかっこよさはなくならないと思った。大山もすんでの所で助けに来てくれてすごくかっこよかったけれど。

こういうのが恋人の欲目ってものだろうか。

くすりと笑う潤に、泰生の表情も和らぐ。

「少しは落ち着いたか？　明日が早いからって、さっきおまえ何だかバタバタしてベッドに入ってたから気になってたんだ。こうして少し話すと、ずいぶん落ち着くだろ？」

「はい。ありがとうございます」

「でも、もっと落ち着く方法もあるぜ？　一発で眠れるとっておきのヤツ。試してみるか？」

にやりと笑われて、潤は首を傾げる。

「目ぇ瞑れよ」

子守歌でも歌ってくれるのかとわくわくして目を瞑ると、待ち受けていたのはキスだった。

驚いたが、触れては離れるような優しいキスにそのまま目を閉じておくことにした。

「……ふっ」

触れるだけのキスは、唇をついばむようなものへと変わる。唇を吸われて、噛まれて、舐められた。濡れた舌を唇に感じると、首の後ろがゾワゾワする。

「ん…、もうダメです。変な気持ちになります」

次のキスをしようとする泰生の唇を手で止めると、その指をがじがじと噛まれた。

「変な気持ちにさせるためにやってんだよ。言ったろ？　一発で眠れるとっておきだって」

「それって！」

潤はようやく意味がわかった。

そうか。泰生と体を合わせることは確かに落ち着くし、疲れて簡単に眠れるだろう。

どうすんだとばかりに見下ろしてくる泰生を潤は上目で見つめる。

「でも……無理すると明日に…というか今日に影響するかもしれないし」

「んじゃ、気持ちいいのだけな？」

迷った上での言い訳だったのに、いつのまにか許可を出したことになっていた。

それでも唇に柔らかく触れてくる泰生へ、潤は自ら腕を伸ばした。

「おまえからもキスしろよ」

キスの合間に言われて、潤も目を伏せながら顎を上げる。

泰生の唇に自らのそれをくっつける。くっつけたまま、泰生の唇を小鳥のようについばんでみた。上唇と下唇、柔らかさは違うだろうか？

「ん……っ」

唇の感触を存分に堪能したあとは舌で舐めてみた。子猫がミルクを舐めるように上下に舌を使うと変な音が出て恥ずかしくなる。だったらと横に舐めてみたら何だか動きがとても卑猥で、潤は顔が熱くなった。

「くすぐってぇ」

泰生は楽しそうに首を竦めている。潤も嬉しくなってつい笑顔になった。

「っ……」

「ぁ……、ごめんなさいっ」

その勢いで泰生の唇に齧りつくと、どうやら強すぎたらしい。小さく声を上げた泰生に潤は手を伸ばして恋人の唇に触れた。傷はないようだが、唇は少し赤くなっている。いや、これは何度もキスをしたせいか？

「ごめんなさい。痛かったですか？」

「ちょっと驚いただけだ。ったく、そんなにおれの唇が美味そうに見えたのか？」

「……うん。お…美味しそうだったです」

答えながら泰生の唇を無意識に指先で触れていると、泰生はクツクツと笑う。

「おれにはおまえの指の方が美味そうだけどな？」

そう言って、泰生は潤の指にぱくりと食いついてきた。人差し指と中指の二本をだ。

くわえた指に泰生が舌を絡ませてくる。

「あ……………んっ」

ぬめった軟体動物のように指に絡みついてくる熱い舌に、指先から肩へと小さな痺れが駆け抜けていく。うなじを騒めかせて、痺れは喉から鼻先へ。声としてもれ出たとき、それは湿った喘ぎになっていた。

「っ……ぁ、あっ」

指と指の間を舌先でくすぐられたり指に噛みつかれたり音を立ててしゃぶられたり、その度に潤は艶めいた声を上げてしまう。

胸の先がじんと痺れるのは乳首が尖っているせいか。股間の欲望もゆっくり兆し始めていた。

「んんっ、あ……泰生っ」

潤は泣きそうになって首を振る。

目の前で見せびらかすかのごとく、潤の指をまるで性器のように舐めしゃぶる泰生に、潤はひとり欲情していく。黒々とした蠱惑的《こわくてき》な瞳がそんな潤をじっと見下ろしていることにも、興奮して体を滾らせてしまう。

「すっかり熟れたツラしやがって――」

ようやく指を離してくれた泰生は、にやりと唇を大きく横に広げた。

シーツへと放り出された――唾液にまみれた指はもう動かせなかった。快感がその指先から電気信号のように送られてくるせいだ。それは痺れにも似て、潤の肌をあわ立たせていく。

「んじゃ、おれが食べてやらねぇとな」

泰生がいそいそと潤のパジャマのボタンを外していく。そこには、尖った乳首があるはずだ。それが恥ずかしくて、パジャマの合わせ目を開かれた瞬間、潤は目を瞑っていた。

「んー、すげぇ美味そう」

「やあぁっ」

最初に食いつかれたのは、右の乳首だった。音を立てて吸われたかと思うと、すぐにちゅくちゅくと口の中で遊ばれる。

「やっ…ん、っや、ぁうっ――…」

弱い部分を愛撫されて、潤の腰は何度も痙攣を繰り返す。快感ははっきり欲望に現れていた。パジャマのズボンが盛り上がっていることは泰生にも知られてしまっているだろう。

「嫌、い…やっ、そっ…ちばかっ……」

「はいはい。ハニーの仰せの通りに」

泰生は軽口を叩くと、今度は左の乳首に吸いついてきた。

「ちがぁ……っう、そうじゃ……っあ、あぁっ」

「すげぇ反応。そんなに待ち遠しかったか。おっと、こっちは指で弄ってやるな」

「ダメダメダメ――っ」

両方の乳首を弄られると、潤は正気ではいられなくなる。

ほら、もう腰が揺れ出した。

いやらしい部分も、ビクビク悶えている。

自覚すると恥ずかしくて、潤は両手で頭を抱えて首を振った。悩ましく髪をかき混ぜる。

「しない…でっ、しない……ぁ、やうぅっ」

「嘘はいけねぇよな。さっきよりさらにツンツン尖ってきてんじゃねぇか。気持ちいいよな？」

「ん、んっ……でもっ」

指先でぴんっと乳首を弾かれて、瞬間潤は大きく喉を反らせた。続けて泰生にがじがじと甘く噛まれて、体をのたうたせる。

きつすぎる愛撫に、潤は何度も嬌声を上げた。

股間はまだ触られてもいないのに、もう果ててしまいそうだった。体中が快感でいっぱいいっぱいで、心ごとパツンと風船のように弾けてしまいそうだ。

「っく、んぁ……っ、あ、やぅうっ」

「おっと、ひとりだけ追い上げそうになった」

あれほどきついと感じていた愛撫だが、やんでしまうと逆にたまらなくなる。媚薬や妖しい薬のように、泰生の愛撫を強く欲してしまうのだ。理性や自制など何の意味も成さなかった。

「ぁう……どう…て？」

潤む視界に泰生を見上げると、悪戯っぽく笑われる。

「潤だし、もう十分だろ」

十分って、これで終わりだなんてつらすぎる……。

目縁までいっぱいにたまっていた涙がほろりとこぼれ落ちていく。

「まぁ、待てよ。ちゃんと気持ちよくしてやるから。あー、やっぱりトロトロにしやがって」

泰生は潤のパジャマをはぎ取って裸にしながら、欲望の雫でびしょびしょになっていた股間を揶揄《やゆ》する。恥ずかしさに隠そうとする腕を、しかし泰生に取られた。

「何度もいってたら、朝起きらんなくなるだろ？　最高の快楽を一度だけ味わわせてやる」

よいしょと潤の腕を引っぱって一度起こすと、うつぶせへと体勢を変えられる。

「膝をついて四つん這いだ。そう——きついなら、肘はついとけ」

泰生の促すままにベッドに膝をついたが、改めて自分の格好に気付いて潤はぎょっと背後を振り返った。起き上がろうとする前に、背中を押さえられる。

「たっ、泰生っ」

「おまえの背中ってきれいだよな。肩甲骨がきれいに浮き出ててさ。知ってるか？　肩甲骨は翼の名残だって一説もあるらしいぜ？」

「翼の名残？　っは……んっ」

するっと肩甲骨を撫でられて、潤は熱い息がもれた。ベッドについた両手の上に額を押しつけて喘いでいると、泰生が背後へと回る気配がする。

「もとは児童書だったか。あー、だったら一説とは言わねぇな。潤、そのまま股閉じてろよ」

「え…んっ、ぁ、泰生っ」

四つん這いになった潤の股の間に、泰生の屹立が滑り込んできた。

「すげぇぬるぬる。まだいってもないのに、先走りだけで股間を濡らしやがって」

「ぁ、あっ、あぁ」

怒張が潤の股の間を行き来する。危うい箇所や欲望を熱い肉棒で擦られて、ビクビクと腰が震えた。腿が痙攣して、背中がしなる。

「っは……。おまえを気持ちよくするはずが、おれの方が先に気持ちよくなるかもな。そうでもないか？　おまえ、すげぇビクビクしてる」

「んぅ……ぁ、ぁんっ…っぅ」

「こぉら、緩めんな。股はしっかり閉じとけって言ったろ？」

泰生に言われて、快感のせいで震えて緩んでいく股を懸命に閉じた。が、閉じると泰生の怒張が狭い隙間をゴリゴリと押し開くような感じがして、背筋がゾクゾクした。

気持ちいいばかりの疑似セックスに、頭が蕩けそうになる。

「あ、ぁうっ……ん、んっ」

必死に頭を振って快感を逃がそうとするけれど、腰を摑む泰生の手が力強くて、背後で聞こえる泰生の息が荒々しくて、逆に潤の官能は高められていく。何より屹立を擦り上げる熱すぎる塊にどんどん高みへと追い上げられていった。

「あー……すげぇ」

泰生が呻くように呟いた。その瞬間、全身に震えが走って潤は顎を突き出す。

「ぁっ、あ、もっ…もうダメ、いっ……ゃう」

「まだまだいじめ足りないけど、今日は気持ちいいだけって約束だからな。いいぜ、おれも一緒にいってやる」

セリフと共に泰生の動きが激しくなった。

突き上げられて、引き出されて、ねじ込まれて、抜き取られる。

すべての動きが快感に繫がっていた。

「ぁ、あ、ぁっ、っ――…」

「……ぅっ」

ふっと浮き上がるような感覚のあと、自分が達したのがわかった。いや、泰生の唸り声が聞こえた瞬間と同時だったかもしれない。

「っと、倒れるならこっちに寝転がれ」

精を吐き出してその場にくったり突っ伏しそうになった潤の体を、泰生が片手で抱き止めて横のスペースへ仰向けに転がす。今精を吐き出した場所には、用意周到に先ほど潤から脱がせたパジャマが敷かれていたのだ。それで簡単に潤の体を清めてくれてから床に放り投げると、泰生も隣に寝転んできた。

すぐ近くで泰生の体温を感じていると、だんだん瞼が重くなっていくようだ。

「あー、いい感じに疲れて寝れそうじゃねぇ？　潤はどうだ、潤？」

泰生に話しかけられたとき、もう潤は夢の入口に立っていた。

ユースコレクション当日は、天気もよく絶好のイベント日和だった。

八束の展示ブースには朝から多くの報道陣が取材に押し寄せて客も大勢つめかけていたが、隣のユースコレクションのメイン会場で行われていたファッションショーが大盛況で幕を閉じたのと前後して、さらに多くの客が流れ込んできた。

ファッションショーを見終わって、客は興奮したような賑やかさでインスタレーションの会場へと訪れるのだが、八束の展示ブースを見て一転、皆言葉をのんで立ち尽くす。

まずは白い根っこの地下空間の異質さに圧倒され、そこに立つ異世界人の異様さに心を摑まれるようだ。そして最後、八束が作った心躍るような服に感嘆のため息をこぼしていく。

八束の服は、早朝に無事すべて出来上がってきた。八束を始めとしてアトリエのスタッフたちは皆一様に疲れた顔をしていたが、それでも植物で彩られたボタニカル・マネキンに服を着せる頃にはやりきったという満足そうな表情へと変わっていった。トラブルがあって遅れていたコートも見事なものに仕上がってきて、真っ白な花ばかりで作られたマネキンに着せられ、ブースでも一番目立つ場所に展示されている。

インスタレーションが行われた会場ビルでは八束のブースがどこよりも賑わいを見せ、八束の服も浅香のデモンストレーションも、ひいては泰生の演出の評判も上々だった。

世評を聞きつけてか、一日目より二日目の方がさらに客も報道陣の数も増えたほどだ。特に二日目は入場制限をかけなければいけないほど多くの客が押し寄せて、忙しい泰生の代わりにブースの監督役を任されていた潤は嬉しい悲鳴を上げた。

「潤く～ん、お疲れさま」

「うひゃっ」

ブースの入口で潤が客の動きを見守っていると、後ろから抱きつかれて思わず変な声が出た。

「八束さん⁉」

「このちっこい背中がうちのジュンぺみたいでたまらないな。潤くんは、本当はうちのジュンぺなんじゃない？　この下にチャックとかついてるでしょう？　猫に変身してごらん」

「ひぇっ、ついていませんっ。変身も無理です」

徹夜続きのせいか八束は昨日今日と異様にハイテンションで、酔っ払ったときと同じはちゃめちゃさで潤に絡んでくる。潤は黒系のスーツを着ているせいか、八束が飼っている黒猫のジュンぺに似て見えたらしい。

いや、似て見えたっておかしいよね。おれとジュンぺって、そもそも大きさが違うしっ。スーツの背中の内側を覗こうとする八束に潤はばたばたと抵抗するが、周囲の人たちはじゃれているると思ってか皆楽しそうに見つめるばかりで助けてくれない。ショーに出演したらしい外国人モデルのひとりなど、こちらにスマートフォンのレンズを向けてきたくらいだ。

何かのイベントじゃないんです――――っ。

「こいつの肖像の権利はおれにある。勝手をしてもらっては困るぜ、マリエル」

そのレンズの前に手をかざしてフランス語で話しかけたのは、いつの間にか戻ってきていた泰生だ。注意を受けたフランス人女性モデルは頬を染めて泰生と挨拶を交わしている。どうやら顔見知りだったようだ。

「お疲れさまです、泰生」

「何だ。もう戻ってきちゃったんだ、泰生」

泰生への反応はそれぞれだ。潤の声は自然に弾んだが、あからさまにため息をついたのは八束で、それを聞いて泰生がのしかかるように八束と肩を組んだ。

「おまえさ、この忙しいときにも潤をいじるのはやめねぇよな。ほんと、感心するぜ」

「ふふ、驚きの安定感でしょ？」

「褒めてねぇよ」

トップモデルの泰生と新進気鋭のデザイナーの八束というビッグなツーショットに、周囲はすごい人だかりとなっていた。潤が泰生の背中に隠れるように立つのももう慣れたものだ。

今は八束も笑っているが、浅香の拉致未遂事件を聞いたときはさすがに顔を強ばらせていた。

あの後でわかったことだが、八束に脅迫状を送りつけたり仕事の依頼を勝手にキャンセルしたりした犯人はやはり上田だったらしい。キャンセルの件で、八束のアトリエしか知り得ない情報を上田が知っていた理由は、潤が察した通りのようだ。それに加えて小久保が懇意にしている工場のことは、元々同級生で長い付き合いがある上田にはすぐわかったという。

常々上田は、ショップの経営が上手くいかないことも自身のデザイナー活動がままならないことも、さらには自社のスタッフが次々とやめていくのも、すべては優秀なMDである小久保を横からかっ攫っていった八束のせいだと恨みを持っていた。大々的に行う予定だったインスタレーションを辞退しなければならなくなったことが引き金となり、自暴自棄になって今回の事件を起こしたようだ。

完全なる逆恨みに八束も憤っていたが、それほど上田から恨まれていたことにはショックを受けたらしい。それでも泰生にからかい交じりの励ましをもらい、今は復活している。

やっぱりふたりの仲っていいな。

潤がそう思ったとき、二重も三重もある人垣からひとりの外国人が飛び出してきた。

「タイセイ、ズドラーストヴィチェ！」

長身白皙の外国人男性は、聞いたこともない言語で泰生に話しかけていく。いや、最初の挨拶は潤も何とかわかった。おそらくロシア語だ。

ユースコレクションの模様はインターネットを通じて配信されているため、最近では世界中から注目を受けていると聞く。そのため、ロシア人の彼のように世界の各国からゲストがやってくるようだ。周囲にも外国人の顔は多い。

「ボリス・アハトワ？　ロシア人デザイナーの？」

「ダー！」

泰生の言葉に自分の名前を聞き取ったのか、ロシア人デザイナーは嬉しそうに笑った。興奮したように捲《まく》し立てるが、さすがの泰生もロシア語はわからないようだ。それは八束も同様で、戸惑った顔を見せている。ロシア人デザイナーは身ぶり手ぶりも加えて、どうやら今回のインスタレーションについて話しているようだが、残念ながら誰も彼の言葉を理解出来ない。

「あの、私が訳しましょうか？」

困り果てたときに声を上げてくれたのは、先ほど潤にスマートフォンのレンズを向けたフランス人女性モデルのマリエルだ。どうやら彼女はロシア語が出来るらしい。

ただ日本語は流暢《りゅうちょう》にはしゃべれないようで、ロシア語をフランス語へと訳すだけだ。が、泰生も潤も、そして簡単なものなら八束もフランス語は話せるため、ロシア人デザイナーと意思疎通が出来るようになって大いに助かった。

通訳によると、ロシア人デザイナーはもともと泰生のファンらしい。泰生がユースコレクションで演出をすると聞き、取るものも取りあえず日本へ駆けつけたが、泰生の演出に魅了されたのはもちろん八束の作った服にもとても感銘を受けたようだ。

それもあって、インスタレーションに感動した思いを直接泰生や八束に伝えずにはいられなかったと熱く語った。今度はぜひ一緒に仕事がしたい、とも。

「ボリス・アハトワのことはおれもチェックしていたんだ。今年のパリコレのインスタレーションで見せたデニムシャツはよかった。機会があったら、一緒に何かやろうぜ」

楽しそうな申し出だと泰生も笑みを浮かべてロシア人デザイナーと固い握手を交わした。

ただひとつ残念なことは、マリエルもロシア語はそう上手いわけではないようで言葉は常にたどたどしく、時にとんでもない言葉が飛び出してきて潤たちを混乱させる。もしかしたら、訳してくれた会話の正確性にも問題があったかもしれないと潤は思った。

何だかもどかしいな。

以前泰生が、デザイナーと意思疎通を図るためその国の言葉が話せれば最強だと言っていたが、まさにそんな状況を目の当たりにしてすごく納得した。

おれがロシア語を話せたらよかったのに。

「あ……」

その瞬間、潤の視界がパッと開けた。

そうだ。ロシア語を話せたらいいのだ。いや、ロシア語だけに限らない。他の言語も自由にしゃべれるようになったら、今後泰生や事務所にとっていい戦力になるのではないか。

すごい考えを思いついて、何だか急に胸がドキドキしてきた。こんな時こそ冷静に考えろと自分に言い聞かせて、潤は深呼吸をする。

泰生は現在六カ国語を自由に話せる。自分はそれに加えてさらに他の言語も使えるようになるのだ。今のような時、間に人を入れずに直接自分が話せたら、泰生にどれだけプラスになるだろう。もしかしたら今のロシア人デザイナーとの会話でも、何かビジネスチャンスに繋がるものがあったかもしれないのだ。そう考えると、少し悔しかった。

泰生のアシスタントとして雑務をやるのはもちろん、そういうサイドから泰生を支えるのもありだろう。自分にしか出来ない強みになる。自信も持てるようになるはずだ。

潤の唇が知らずにふわりとほころんだ。

「何だ、潤。えらくご機嫌だな」

泰生に見とがめられ、内緒ですと笑ってみせた。

もともと勉強をすることは嫌いではない。特に言語に関しては得意だと言っていいだろう。自分ならきっと出来ると確信があった。そして、今が大学生という身分であることに心底感謝した。学べる時間も環境も十分にあるのだから。

「泰生、おれ頑張りますね」

新たな目標が出来たことがとても嬉しかった。

自分に言い聞かせるように小さく呟くが、潤の言葉は泰生にも聞こえたようだ。

ちらりと寄越された視線は興味深げだったが今は何も問わず、潤の頑張りを鼓舞するように背中を優しく叩いてくれた。

Fin.

ハッピー・サプライズ

「ユアン、こっちだよ！」

到着ロビーから出てきた弟の姿に、潤《じゅん》ははしゃいだ声を上げた。

八月も後半に入り、忙しかったユースコレクションも終えて、潤たちもようやく夏休みに入ったと言っていいだろう。いろいろ計画も立てているが、取りあえず今日から一週間は重要な予定が入っていた。いや、楽しみと言ってもいい。

「ジュン！」

到着ロビーから出てきた異父弟のユアンは、ナチュラルにカールした白っぽい金髪を揺らして潤の声に振り返った。イギリスでパブリックスクールに通うユアンは、現在十四歳。年齢の幼さが甘さとして加味された美貌をほころばせ、モデルにふさわしい洗練された足取りであっという間に潤の目の前までやってきた。

夏ものだろうがきっちりブリティッシュスタイルのスーツを身につけているのは、少年ながらもうイギリス紳士の自覚があるからか、それともイギリス貴族の後継ゆえか。

どちらにしろ、兄の欲目なしにとてもかっこよかった。

おれも、シャツにスラックスじゃなくてスーツにすればよかったかな。

「久しぶり！　会いたかっ……あれ？　何だか、ジュン、小さくなった？」

潤と向かい合うと、ユアンは不思議そうに首をひねる。

「ユアンが大きくなったんだよ。おれが小さくなるわけはないんだから」

「そうなんだけど、うーん。まぁ、いっか。ジュンは小さくなっても可愛いし、や、小さい方が絶対可愛い！」

「——あの、ユアン。おれの話聞いてる？」

「もちろん聞いてるよ。ジュンは小さいままだってことでしょ。心配しないで、ぼくが兄さんの分まで大きくなるから。だから、ジュンは安心してそのままでいてね？」

「えぇ〜、それは嫌だなぁ」

「ふふ。ジュン！　それよりハグだよ、ハグ！」

ユアンはくしゃくしゃに顔をほころばせ、力一杯潤に抱きついてくる。

いつの間にか潤をすっぽり胸に抱けるほど背が伸びたユアンだが、潤が背中へと回した手の感覚からすると、体の厚みも少し増した気がした。

潤が感慨深い思いでユアンとハグしていると、すぐ近くでカウントが聞こえてくる。

「三・二・一。はい三秒たった。ハグは終了だ」

べりっとユアンから引き剝がされ、潤は目を瞬《しばたた》く。Tシャツにデニム、ニットベストという格好の泰生《たいせい》がにやにや笑っていて、それにユアンがすぐさま反応した。

「ちょっ、本当に三秒しかハグさせないって横暴ですよ!?」

「おれは有言実行なの。悔しければ、おまえも誰かハグ出来る恋人を見つけろ」

「だから！　ぼくがハグしたいのは欲しくもない恋人じゃなくてジュンなんですよっ。ジュンとは兄弟なのに、何で語らいを邪魔されなきゃならないんですか」

「おれが潤の恋人だから？」

泰生とユアンは言葉遊びをしているみたいだ。

やり込められているユアンは少々むっとしているが、泰生は持っていたパナマ帽を指先でクルクルと回して楽しそうだ。このやり取りもうおきまりのコミュニケーションであり、ふたりは仲がいいなぁと潤は嬉しくなる。

しかしすぐに、ここにいるのがユアンだけであることを不思議に思った。

今回のユアンの来日は仕事ではなく完全なプライベート。実はユアンたちパートリッジ家の皆が一週間ほどの日程で日本へ訪れることになったのだが、ユアンが出てきた到着ロビーの奥にも両親であるアイラやジョセフの姿は見当たらない。

来られなくなったとは聞いていないが――？

「ユアン。あの、アイラたちは？」

「あぁ、うん」

それまで元気に泰生と話していたユアンが、ほんの少しトーンダウンする。

「実は、飛行機を降りてから母さんが少し具合が悪くなって、今ソファーで休んでるんだ。ちょっとだけ休憩することになって、ぼくはジュンたちに知らせるために先に入国手続きをして出てきたんだ」

「アイラが？　具合を悪くしたって、どんな感じで？　大丈夫なのかな」

「ちょっと眩暈《めまい》がするって言ってる。もともと母さんは飛行機が苦手でね。何でも飛行機にはあまりいい思い出がないって普段も出来るだけ乗らないようにしてるから、久しぶりに乗って具合を悪くしたのかも。しかも国際線でちょっと長かったし。口にはしないけど、少し気分も悪いみたい。今は父さんがついている」

「心配だね。たいしたことがないならいいけど」

気にするユアンに、潤も思わず眉を寄せる。

「母さんはもとから少し体が弱いんだ。天気のせいで体調を崩したりメンタルがすぐに体に影響して熱を出したり。天気に体調が左右されるって、気圧の問題もあったりするんでしょう？　だから飛行機に乗って気圧が変化して、それで具合を悪くしたのかなって」

「そう…なんだ……」

潤は相づちを打ちながら、別のことを考えていた。

もしかして母は日本に来たせいで体調を崩したのではないか、と。

母・アイラにとって、日本はあまりいい思い出がない場所だろう。

過去、アイラは潤の実家の堅苦しい慣習に縛られて舅姑《きゅうこ》にもいじめられたのだ。もう二十年も前のことになるが、心を病んでしまうほどの出来事はそう簡単には忘れられないだろう。トラウマとして、アイラの心に強く染みついている気がした。

飛行機にいい思い出がないというのも、日本を飛び出して渡英したときのマイナスの記憶があるからではないか。

考えすぎだろうか。しかし実は潤の中では——以前アイラに、一度は日本語を覚えたが日本を出たときにすべて忘れてしまったと言われてからその思いはあった。未だに日本に対してどこかマイナスのイメージがあるのかもしれないと。

アイラはメンタルが体調に影響しやすいという。飛行機から降りて具合を悪くしたのなら、トラウマ説は十分ありえるだろう。

「潤？」

沈んだ潤に気付いてか、泰生から腕に触れられた。ユアンも心配げに見下ろしていて、潤はすぐさま表情を取り繕う。

「ごめん、いろいろ考えてしまって。泰生もありがとう。本当に心配だね。今日はもうホテルに直行した方がいいかな」

「んーそうだよね。一週間の滞在だし、今日は大事を取った方がいいのかも」

ユアンと話していると、ようやくロビーにアイラとジョセフの姿が現れた。長袖のワンピースを着たアイラの顔色はまだ少し悪い。そんなアイラと寄り添うようにジョセフが歩いてくる。

それでも潤たちを見つけて、アイラの顔が嬉しげにほころんだ。

「ジュン、久しぶりね。会いたかったわ」

潤の前に立つと、アイラはおずおずと潤に手を伸ばしてくる。少し恥ずかしかったが、潤はハグのために一歩アイラに近付いた。

最初はいつもアイラはこうだ。まるで拒絶されるのを恐れるように、潤と向き合う。一度ハグするとある程度普通に接してくるようになるけれど、アイラが潤に対して未だ罪悪感なり恐れなりを抱いているせいだろう。

「アイラ——母さん、久しぶりです」

ハグを交わすと、ふんわりと温かくて甘い香りがする。柔らかい抱擁は、母独特のものだろう。恥ずかしいけれど、この瞬間いつも胸が甘酸っぱくなる。

「よく顔を見せて？　まぁ、そんなに目を大きくして。こぼれ落ちたらどうするの？　私の大好きなヘーゼルの瞳なんだから、大事にしてちょうだい」

「目は、簡単にはこぼれ落ちたりしないと思うんですが……」

「わからなくてよ」

ひんやりとしたブルーグレーの瞳でアイラは一心に潤の顔を覗き込んでくる。先ほどまで顔色が悪かった頬にはうっすらと赤みが差していた。

アイラはその後泰生ともハグを交わす。普段は挨拶のハグをしない主義の泰生だが、おっとりしたアイラの雰囲気につい乗せられたようだ。その間に潤は、アイラの夫でイギリスの子爵位を持つジョセフとも握手で挨拶した。

「あの、アイラは具合が悪いと聞きましたが、大丈夫ですか？」

潤が母のことをアイラと呼ぶのは、そう呼んでくれと本人から言われたからだ。

ゴールデンウィーク中イギリスから帰る際にだが、『母さん』と呼んでもらうのはとても嬉しいが、自分としてはまだ過去のことを満足に償ってもいないので少し気が引けると心苦しそうに告げられた。実は潤としても、『母』と呼ぶことにまだどこか落ち着かない気分もあり、今はアイラの発言に甘えさせてもらい『アイラ』と『母さん』とを混合して呼んでいた。またジョセフのことも、身内だからと『パートリッジ卿』ではなく『ジョセフ』と呼んでいいと本人から許可をもらっている。

「今は少しよくなったわ。だからもう大丈夫――」

「無理をしたらダメだ、アイラ。さっきまで顔色も真っ白だったんだ。今だってとても本調子とはいえないだろう」

「ジョセフ、それは言わないでちょうだいって言ったでしょう」

アイラは困ったように真実をバラした自分の夫を見つめる。が、ジョセフはアイラの手を握って撫でさすった。

「自分の体調のことは自分が一番よくわかるはずだ。用心に越したことはない、まだ日本に来たばかりなんだ。無理をしてあとの旅程を台なしにする気か？」

「ジョセフ、でも……」

厳めしい顔つきのジョセフだが、アイラへの愛情は隠さない。ふたりの信頼し合っている様子に、潤の胸には微笑ましい気持ちが押し寄せてくる。

だが、泰生はふたりの決着のつかなさに焦れたようだ。

「まぁ——取りあえずホテルへ移動しないか？　ここで立って次のことを考えなくても、座ったり横になったりして休んだら体調も変わるかもしれないし」

肩を竦めて提案し、それにジョセフが大きく頷いた。

二台のタクシーに乗り合って、宿泊予定のホテルへと移動する。ユアンを含めたパートリッジ家で一台、潤と泰生で一台の乗車だ。

泰生はこの後仕事があるため今日は空港への出迎えだけで帰るはずだったが、ホテルまでは付き合ってくれることになった。ちなみに、明日は丸々一日観光に同行してくれる予定だ。

「泰生はずるいです」

先に出発したユアンたちのタクシーを追いかけるように車が動き出して、潤はシートに背中を押しつけながら隣の泰生を見た。

「は？　いきなりなんだよ」

「いつの間にジョセフとも仲よくなっていたんですか？　さっき、タクシーに乗るときにジョセフと視線で会話していましたよね。何だかふたりだけでわかり合ってて」

何となく唇を尖らせたい気分だ。

「ちょっと待てよ。何がふたりだけでわかり合ってだ、気持ち悪ぃ。あんなオッサンとわかり合ってたまるか。んなこと言うと、泣かすぞ。こらぁっ」

「何でおれが怒られるんですか～っ」

「おまえが変なことを言うからだろ。あれは！　ホテルに着くまでにちゃんとアイラを説得しろって念を押したんだ。アイラ可愛さに押し切られて、無理に観光して本格的に体調を崩されたらことだろ」

「そうだったんですね——…でも、それをあんなアイコンタクトひとつで伝え合うって、けっこうすごいことだと思うんですけど」

「まだ言うか、こいつ」

「わ～っ、痛い痛いですっ」

泰生の大きな手で頭をぐりぐりされる。頭ごと揺り動かされるみたいな強めのスキンシップだ。泰生の手から解放されたとき、目の前が回っている気さえした。

「ひどいです。髪がぐちゃぐちゃになったじゃないですか」

少し天然パーマが入った猫っ毛は絡まりやすくてふわふわとまとまりもよくない。だからと今日は朝から十分にセットしてきたのに、今ので台なしだ。

一生懸命に髪を撫でつけながら、恨めしく泰生を見る。

「その方が可愛いじゃねぇか。いつも頭はふんわりさせとけよ」

「可愛くなくていいんです」

「バカ言うな。可愛くなかったら潤じゃないだろ」

「えぇ～」

真顔で言われて、潤は納得がいかずに声を上げた。

「んじゃ何か？　潤は自分のことをかっこいいなんて思ってんのか？」

「かっこいいとは思ってませんけど、普通……ぐらいじゃないかなって」

言うと、泰生にくつくつと喉で笑われる。

「普通のレベル高っ。自分を知らないって怖ぇな」

「意味がわかりませんっ」

「おまえ、そのきれいなツラして普通だなんて言ったら、世間さまから怒られんぞ？　それに可愛いは正義だ。潤はそんな可愛いを標準装備してんだから、そう嫌がらずにもっと受け入れてやれ。むかうところ敵なしなんて、すげぇだろ」

「もっと意味がわかりませんよ！　わっ」

発言に抗議すると、泰生は自分がかぶっていたパナマ帽を潤の頭へと被せてくる。

「まぁ、いいじゃねぇか。このおれ様が『可愛い』潤を好きだって言ってんだ。それってすげぇことだろ。嬉しくねぇ？」

何とも傲慢《ごうまん》な発言をされたが、不満を思う前に潤は顔が熱くなった。

タクシーの中で何を言うのかとふと気になって前を見ると、バックミラー越しに運転手と目が合う。潤は思わず息をのんだ。

聞かれてた！

目が合ったあと慌てて逸らされたが、それは潤も同じだった。泰生のパナマ帽を前傾でかぶって顔を隠す。泰生だけはケラケラと楽しげに笑っていた。

「それで、潤の方こそ何落ち込んでたんだ？」

笑いを収めた泰生が口にしたのは、思ってもみないことだった。

「え……」

「さっき、ユアンの前でだ。いろいろ考えてたって言ってたろ。アイラの体調のことだけにしては、えらく深刻な顔してたぜ」

さっさと白状しろとばかりに視線を寄越されて、潤は嬉しさに唇をもごもごさせる。

先ほどのアイラとジョセフの仲のよさではないけれど、自分と泰生もずいぶんと仲がいいのではないか。大事にされてる感がひしひしと伝わってきて幸せで困る。

「その…母の体調不良って、もしかしたら日本に来たせいかなって思ってしまって」

泰生の気遣いに感謝して、潤は先ほど考えていたアイラのことを打ち明けた。アイラが日本にトラウマがあり、そのせいで体調を崩してしまったのではないかと。

「こんなことなら、おれがイギリスへ行けばよかった。夏休みなのに、行けたのに」

「……ったく」

「わっ」

聞き終わってから、泰生は呆れたように潤の肩に手を回した。先ほどから潤たちの話に耳を傾けているような運転手が気になって身じろぐと、大人しくしろとばかりに抱かれた手で腕をぽんぽんと叩かれる。

「おまえは相変わらず考えすぎ。そういうとこだけは妙に敏いというか、苦労性というか。ほんと、損な性格してるよな」

「う……」

損な性格、だろうか。

泰生を見ると、困ったような呆れたような表情をしていた。潤と目を合わせると、しかしひどく愛おしいように笑われる。

「でも、それが潤だからなぁ」

蕩けるような優しい目が恥ずかしくて、潤は目を伏せた。

「アイラは確かにメンタル弱そうだよな。前にユアンに話を聞いたときから思っていたが、実際会ってもそう感じた。だが、アイラがメンタル弱くて体調を崩したのも、日本にトラウマを持ってるかもしれないのも、潤には何の責任もねぇよな？　実際この問題に関しての一番の被害者は潤だぜ？　なのに、その潤がいろいろ考えすぎて勝手に加害者側に立つんじゃねぇよ」

肩を抱かれたまま体重をかけられて横へと崩れそうになり、潤は重さに耐える。

「た…泰生、倒れ…ますぅっ」

「罰だからいいんだ。耐えろ」

「えぇ〜」

「何が『おれがイギリスへ行けばよかった』だ。そうやって勝手に自分を責めんな。誰の許可を得ておれの潤をいじめんだ？　おまえだよ、おまえ」

泰生の言葉が、嬉しくて恥ずかしくて、顔が熱くなる。

「それに、アイラがメンタル弱くても今はジョセフが隣でしっかり支えてんだ。そんなふたりを信じてやれよ。しかも、以前と状況は全然違う。ジョセフはいるしユアンはいるし、何より潤がいるんだ。心配せずともすぐに治るだろ」

「――うん」

「だいたい、その日本にトラウマを持っているとかメンタルが原因で体調を崩したとかってのは、全部潤の推測だろ。確かにアイラにとって日本は嫌な思い出がある場所かもしれないが、今となっちゃあ潤が育った大事な国でもあるんだ。だからこそ、日本へ行きたいってアイラは今回の計画を立てたんじゃねぇの？」

肩を抱いた手で、泰生が潤の髪をつんつんと引っ張ってきた。

「だからさ、潤はアイラに自分の育った日本を思う存分見せてやれよ。嫌な思い出以上に楽しい思い出を作ってやればいいだろ」

「はい……泰生、ありがとう」

泰生は本当にすごい。いつだって自分の悩みを吹き飛ばしてくれる。それどころか、やってやろうという気にさせてくれるのだ。やみくもに頑張ってみたくなる。

先ほどまで沈んでいた心があっという間に軽くなった。

「あぁ。そういやアイラのバースデーだって、三日後に食事会を予定してたな」

「はい。とっておきの和食店が取れたって父が言ってました」

「ふぅん」

それを聞いて、泰生が何かを考えるようにシートの背にもたれる。無言で宙を見すえる泰生を疑問に思ったが、間もなく車はホテルへ到着して聞けずじまいになった。

ジョセフたちがホテルにチェックインし、潤と泰生も一緒に部屋へ向かうことにした。高層階にあるスイートルームで、広い窓を背に配されたソファーに皆で座った。

「ジュン、タイセイも。先ほどは大丈夫だって言ったけれど、ごめんなさい。やはり休養をもらえるかしら。大したことはないんだけど、無理をして大事にしたくないし」

どうやらジョセフはアイラの説得に成功したらしい。

アイラの言葉に潤はほっとしたが、残念な気持ちももちろんあった。

アイラの隣に座るジョセフは、取りあえず明日までは様子を見ると言う。

「それで今日と明日、ジュンが東京見物に連れて行ってくれる予定だったけれど、ユアンだけをお願い出来るかしら。楽しみにしていたのよ、ユアンはずっと」

ユアンもどこか元気がないが、アイラを心配させないためか行儀のいい笑顔を潤に見せた。もちろん潤はアイラの願いを了承する。

「本当に申し訳ないけれど、私のことは気にせず、ふたりで楽しんできてちょうだい」

そんなアイラに、泰生は苦笑した。

「そうアイラは言うが、潤たちはやっぱ気になって楽しむ気分にはなれねぇよな」

「泰生っ」

何を言い出すのかと慌てる。袖を引っぱる潤だが、泰生は気にせず口を開いた。

「だったら、こういうのはどうだ？　せっかく日本に来たのにアイラは具合を悪くして観光出来ない。だったら、そんなアイラのために日本が楽しめるプレゼントを潤たちが探してくるんだ。タイムリミットは、三日後のアイラのバースデーディナーの席」

「ふむ。言ってみれば、アイラへのバースデープレゼントを探すというわけだな」

ジョセフが泰生に確認する。

「そ。でもって、誰のプレゼントが一番かアイラに選んでもらうってゲーム方式にしようぜ。大事なのは高い安いの値段じゃなくて、日本での時間を楽しんでることが伝わるプレゼントってのを、アイラは選ぶ基準にしてくれ。日本のいいところが伝わるプレゼントでもいい。他にも、単なる土産ものでもそれに付随する観光のエピソードがあればそれ込みで審査対象にするってのも面白いだろ？」

泰生の話を聞きながら、潤はちょっと胸が熱くなっていた。

先ほどタクシーの中で相談した件を、まさかこんな楽しいサプライズイベントで解決しようとしてくれるなんて思いもしなかった。

しかも、自分たちも楽しむことが前提でのプレゼントだから、潤とユアンがアイラを残して観光することへの罪悪感を払拭《ふっしょく》してくれるという、まさに一石二鳥。

タクシーから降りる間際に泰生が考えていたのはこのことだったのかもしれない。

「それはすてきね！　私だけが得をするイベントで申し訳ない気持ちもするけれど、とてもいい案だと思うの。皆はどうかしら？」

アイラがはしゃいだ声を上げた。

「いいな、賛成だ。私こそがアイラの一番喜ぶものを選んでこよう」

「あら、ジョセフもプレゼントを選んでくれるの？」

提案を喜んだアイラに、ジョセフが鼻息も荒く一番に参戦を表明する。

「もちろんだとも。アイラは何が好きか、私が一番よく知っているのだから、私の勝利は決まったも同然だ」

「それはどうだか。日本のいいところが伝わるプレゼントという条件つきだし、日本に住んでる潤がもしかしたら有利かもな」

ジョセフの勝利宣言に水をさしたのは泰生だ。ジョセフは顔をしかめて潤を振り返った。

「確かにそれはずるいな。負けんぞ」

「えっと……頑張ります」

「ぼくも母さんがホテルで休んでいても、日本を観光した気分になるプレゼントを選んでくるよ。ジュン、いろんなところへ案内してね」

先ほどまで沈んでいたユアンがやる気満々でずいぶん楽しそうだ。潤も嬉しくなって、笑顔で約束した。そんなふたりにアイラもほっとした顔を見せている。

「泰生、ありがとう」

潤は泰生の耳元でそっと囁いた。


仕事に行く泰生とはホテルで別れて、潤とユアンは浅草《あさくさ》へと向かった。

ユアンが行きたがったのだが、実は浅草へ来たのは潤も初めてである。だから、ユアンを案内するというより一緒に観光する気分だ。

「ジュン、すごい大きなペーパーランタンだね。これってどんな意味があるの？」

浅草寺《せんそうじ》の参道入口にある風雷神門《ふうらいじんもん》の前で、ポロシャツとデニムに着替えたユアンが興奮した

ように頬を赤くした。『雷門《かみなりもん》』と描かれた大提灯は、外国人でなくともちょっと圧倒される。

「提灯って言うんだけど。えっと…雷門のシンボル？　へぇ、そうだったんだ……」

ガイドブックに書かれている説明を読み上げ、初めて知った事実に自分でも思わず声が出た。

ユアンはそんな潤に小さく笑って懐っこく肩をぶつけてくる。

「色がいいよね。日本らしい艶っぽい赤だ。でも、どうして赤色の提灯なの？」

「朱色とか赤色って確か魔除《まよ》けの意味があったから、たぶんそれでじゃないかな。ごめん、今度ちゃんと調べておくね。あっと、それで提灯の底に龍《りゅう》の彫刻があるんだって。龍は水の神様とも言われて――」

ユアンは目に入るものは何でもめずらしいようで、あれはこれはと潤を質問攻めにする。ガイドブックを見ながら、潤は案内に四苦八苦した。

もう少し詳しいガイドブックを買っておけばよかった。

外国人の視点だからか、「瓦《かわら》は何でグレーなのか」だの思わぬ質問をされることも多くて苦労した。これほど寺院をじっくり見学したのは潤も初めてである。

もともと観光客が多い浅草界隈《かいわい》だが、今は夏休みということもあってすごい人だ。

外国人が大勢いるにもかかわらず、飛び抜けた美少年で人気急上昇中のモデルのユアンは、圧倒的な存在感も相まってずいぶん目立っていた。勝手に写真を撮られることがあまりに多くて、もう注意することも出来ないくらいだ。

「ジュン、これ欲しい！」

雷門をすぎて仲見世《なかみせ》通りに入ると、さらにユアンのテンションが上がった。

さきほどユアンが感嘆した雷門の大提灯を小さくした土産用の提灯が気に入ったようだ。軒先にぶら下がるたくさんの提灯を、子供のような目で見上げる。

しかも、ユアンの気を惹くものはまだまだたくさんあった。

「ユアン、それも買うの？　扇子かな」

「母さんへのプレゼントにいいと思わない？　日本は暑いからこれすごく便利だよ。こっちは刀――に見えて、実は傘なんだ！　どう？　かっこいいよね、欲しいなぁ。でも、父さんには怒られるかも。どうしよう、買っていいかな」

両手に土産ものを抱えて、ユアンがうんうん唸っている。

十四歳のイギリス人のユアンが欲しいものが、潤には不思議でならなかった。

おれが十四歳の頃って何が欲しかったっけ？

十四歳と言えば、中学二年生ぐらいか。

その頃は――いや、小学校も中学校も高校も潤の生活はとにかく勉強三昧で、たまに塾を休んで行く美容院の帰りに本屋に寄るのが楽しみと言えば楽しみだった。図書館で本をめくるのも有意義だったが、ただ、そうやって勉強もせずに自分の時間を持つことが、あの頃はとても後ろめたくてなかなか実行出来なかったことも思い出す。

我ながら面白みのない中学生だったなと反省し、悩んでいる途中から今度は棚に置かれた和柄の小物へと目移りしたユアンに近寄る。

「アイラってそういう花柄が好きなの？」

「うん、好きだと思う。大きな花よりこんな小さなのがいっぱい集まっている感じが好きなんじゃないかな。気に入ってよく着ているワンピースにそういう柄があるし」

「へぇ……」

潤もアイラへのプレゼントを探さなければならない。ユアンを愛でてばかりはいられないと、一緒に物色し始める。

「ユアン、プレゼントのことで相談したいんだけど。アイラのことを教えてくれる？　何が趣味なのか、普段何をしているのかって」

「いいよ。母さんはハーブや精油《せいゆ》なんかが好きで、そういう勉強会によく行ってるかな。家でも栽培しててね、カントリーハウスの方には大きなハーブ園があるんだ。春から夏の間はよく行って手入れをしてる。あっちには、ハーブや精油のための専用の部屋まであるしね」

「だからアイラって何だかいつもいい匂いがするのかな」

「そう！　アロマで香水も作ってるんだ。気持ちを落ち着けたり華やいだ気分にさせたりって使い分けるんだって。あ、それでジュンのパヒュームがすごくいい香りだって絶讃してたよ。アイリス——匂いアヤメがすごく贅沢に使われてて完成度の高い香りでびっくりしたって。ぼくも大好きな香りだよ」

ユアンが下から覗き込むように潤を見る。ペリドットグリーンの瞳で見つめられながらそんなことを言われると、弟相手にドキドキしてしまった。熱くなる頬に手を当てながら、ユアンの顔をそっと押しやる。しかしその手を握って、ユアンは次の店へと歩き出した。

「ユアン。日本じゃ、男ふたりで手をつないで歩くなんてしないんだけど」

じろじろと潤たちを見る周囲の視線にたじろぎ、離してくれないかなと暗に願ってユアンに言ってみる。しかし、ユアンは輝くような笑顔で振り返ってきた。

「イギリスでも普通はそうだよ。でもぼくたちは兄弟だしね」

「えっと……でも、目立ってるみたいだし」

「ふふ。ぼくはモデルだから仕方ないよね」

得意そうな顔をするユアンは可愛いなぁと潤は目を細めたが、問題は解決したわけではない。しかし年上の威厳もあって、目立ちたくないとはっきり言えなくてもごもごしていると。

「あ、いい匂いがすると思ったら何か焼いてる！」

楽しげにユアンに引っぱられてしまい、潤はもういいかと諦めた。買い求めた焼きたての人形焼きを食べながら、また仲見世を歩き出す。

「あ、そうだ。アロマが好きならお香とかどうかな？　日本には昔から香りを聞くって楽しみ方があるんだ。お寺や和のショップでたまに焚《た》いてるのを見るよ」

「お香？　香りを楽しむってことは日本の香水ってこと？」

「香水じゃなくて英語だとインセンスだったっけ。香料を固形物にして、火をつけて香りの煙を燻《くゆ》らせて楽しむ感じ？　ごめん、おれはあんまり詳しくなくて姉さん――橋本《はしもと》の姉がそういうのを昔からやってるから少し聞いたことがある程度なんだけど」

「香りの煙って、日本って感じだね。それ、興味ある！」

「じゃあ浅草寺をお参りしたら、次そこに行ってみよう。姉さんに店の場所を聞いておくね」

ユアンが目を輝かせるのを見て、潤はスマートフォンを取り出した。メールで連絡すると、すぐに香の情報がショップの地図つきで送られてきた。

でも、思いがけずアイラの日常を知ることが出来てよかったな……。

アイラとは五月に和解して以降、何度か手紙のやり取りをしていた。

ただ潤はこれまで手紙などほとんど書いたことがなかったため、最初は何を書いていいのかわからず、日々起こった出来事をほんの少ししたためるくらいだった。

そんな手紙に、アイラは便箋を何枚も使って丁寧に返事を返してくる。体調を訊ねることから始まり、前回に潤が出した手紙の内容に触れ、長い文章が続くのだ。その合間に潤へのたくさんの質問も。好きな食べものは何か。授業ではどんな勉強をしているのか。友だちはどんな人がいるのか。泰生は優しくしてくれるのか。アルバイトは大変か。無理をしていないか。

これまでの二十年を取り戻すように、潤のことを懸命に知ろうとするアイラの姿勢が見えて、潤はいつもくすぐったい思いで返事を書く。だからか、手紙は書くたびに長くなっていった。最初などは一枚しか書けなくて、白紙の便箋をもう一枚添えていたくらいだったのに。

思い出して、潤は苦く笑う。

しかしそうして手紙をやり取りしても、潤はアイラのことをあまり知らないことに今回改めて気付いた。思い返せば手紙ではアイラに聞かれるままに自分のことだけを綴っていたからだ。

誰かのことを知るって、気持ちが近付く感じがする。今度は直接アイラに訊ねてみたいな。

そうしてふたりの距離がもっと縮まれば、アイラのことを普段から違和感なく『母さん』と呼べるようになるのかもしれない。

思いがけずアイラへの自分の姿勢を考え直す機会を得られてよかったと潤は思ったが、ふと、もしかしたら泰生はそんなことも見越して今回のことを提案したのかと考えた。アイラへ贈るプレゼントなのだから、アイラのことを知らなければと潤が積極的になることを予測して。

帰ったら、もう一度泰生にありがとうって言わなきゃ……。

「ジュン！　お参りの仕方を教えて」

龍の彫像の口から噴水のように水が流れている手水舎《ちょうずや》にユアンが目を輝かせている。

「うん。まずは身を清めることが大事なんだ」

可愛い弟に頼りにされて、潤はガイドブックに載っている参拝方法をもう一度こっそり確認したあと一緒に歩き出した。

「どうしてぼくがひとりで座るんですか？　楽しくないです！」

「おれが楽しいからいいんだよ」

「ジュン！　今の聞いた？　ジュンは本当にこんな横暴な恋人でいいの⁉」

後部座席に座るユアンが身を乗り出すように潤に訴えてくる。さらりと質のいいシャツにスラックスという貴公子然とした格好のユアンだが、まるで子供のように頬を膨《ふく》らませていた。

ユアンの観光二日目、潤たちは泰生の運転する車で水族館へと向かっている。

最初は築地《つきじ》でのセリを見学したかったようだが、行われるのが早朝すぎてユアン本人がギブアップした。そんなユアンに、それほど魚が見たいなら水族館へ行けばいいと泰生が言い出し、そうじゃないと反抗するユアンとケンカになりかけた。が、潤が水族館へ行ったことがないと呟いた声を聞いたふたりがなぜか急に結託して今日の水族館行きを決めたのだ。

しかも泰生が車を出してくれることになって、ちょっとしたデート気分である。

「潤と一緒に並んで座りたかった……」

が、泰生が運転して潤が助手席に座り、ひとり後部座席に座ることになったユアンは大いに不服らしい。先ほどから潤を後部座席に座らせたいと抗議の声を上げていた。

「ごめんね、ユアン。でもナビは必要だってことだから……」

「ナビって、今ジュンは地図も持ってないじゃないか。それに、そこにあるカーナビは何のためにあるんですか、タイセイ！」

「インテリアだ。車に合うだろ？」

大きくハンドルを切りながら、泰生は平然と嘯《うそぶ》く。潤は思わず吹き出してしまった。転げるように笑うのは久しぶりかもしれない。さすがのユアンも大笑いだ。

車がいっとき笑いに包まれる。

「だいたい潤が後ろに座ったら、おれはただの運転手だろ。絵面的にありえない。それに今日のこれはデートなんだよ、変な小舅はいるがな」

泰生も同じように考えてくれていたのかと、潤は運転席を見た。その視線に婀娜《あだ》な流し目で応えてくる泰生に、潤の頬はすぐに熱くなる。

いつも忙しい泰生が潤と潤の家族のために丸一日空けてくれたのだ。そうして水族館までわざわざ車を飛ばしてくれている。その気持ちだけでも潤はとても嬉しかった。

「ちょっと、ジュン！　ふたりだけで世界を作らないで、すっごく寂しいから。ここにはぼくもいるんだからねっ」

「もっ、もちろんわかってるよ！　泰生、ユアンは変でも小舅でもないですよ」

我に返って、潤は慌てて正面を向いた。けれどそんなやり取りも楽しくなって、潤の唇はしぜんほころんでしまう。

昨日、浅草寺をお参りしたあとに向かったお香専門店は、さすが姉の玲香《れいか》が贔屓《ひいき》にしているだけあってオシャレですてきなショップだった。

イギリスから来たと聞いてスタッフが丁寧に説明してくれたこともあり、ユアンは長い時間をかけて線香や匂い袋などを購入していたようだ。しかもユアンはその前の浅草の仲見世で一度は購入を見送った提灯のオモチャや扇子なども買い込んでいる。行った先々で自分が気に入ったものを買っていく作戦なのだろう。

潤もお香専門店でアイラのために日本らしい香立てを購入したけれど、ユアンと比べて出遅れている感じがして、何としても今日の水族館で見つけようと決意していた。

到着した水族館は夏休みのためか子供たちが非常に多かった。

そんな中、百九十センチを超える長身の上に存在感ありまくりの泰生とノーブルな外国の美少年であるユアンは大注目を受ける。

「こうまで同じ反応をされると、自分がゴブリンかピクシーにでもなった気がするよ」

ユアンの声に頷こうとして、潤は慌てて思い止《とど》まる。

泰生とユアンを見て、子供たちがぴしりと一斉に固まるのだ。口をぽかんと開けて身動きもせずに泰生たちを見つめる姿に、さすがにユアンも居心地が悪そうだった。

潤としてはユアンの気持ちはもちろんだが、実は子供たちの気持ちもわからないではない。泰生を初めて見たとき、潤も同じような顔をしていた気がする。

だって、これまで見たこともない圧倒的なキラキラオーラの人間がふたりも現れたら、目も釘づけになるよなぁ……。

「やっぱクラゲっていいよな。お、こいつ毒持ちか」

ただ泰生はここでもいつも通りだ。

付き添いのはずだった泰生が一番水槽にかぶりつくように見学している。

「――うん。ほら、ユアン。ライトのおかげで、すごくきれいだから」

そんな泰生を見習うことにして、潤もユアンへと手を伸ばした。ずっと困惑顔をしていたユアンだが、ようやく表情を緩めて潤の手に誘われるように近付いてきた。

「本当だ、きれい。ジュン、見て！　中央のヒラヒラがまるで女性のドレスそっくり。触手が長くて、巻きつかれたらきっと大変だよ」

「うん、猛毒だって。こんなのが海にいたら海水浴も出来ないね」

潤とユアンが並んで幻想的な水槽を覗いていると、シャッター音が聞こえた。見ると、泰生がファインダーを構えている。

今日は何と泰生がカメラマンとなってふたりを撮ってくれるらしい。

本物のカメラマンが使うような大きなカメラを抱える泰生に、嬉しくなって笑いかけるとすかさずシャッターを切られてしまう。気恥ずかしくて、潤はまた水槽へと顔を戻した。

しかし白シャツにショートパンツをはいてストールを巻いた泰生がカメラを構える姿は実に

かっこよくて、気付けば泰生こそ周囲の人たちからカメラのレンズを向けられる始末。あげく、泰生のひと睨みで人々がぱっと退散するという現象が先ほどから多発していた。

「潤、あっち。すごい小さなクラゲがたくさん！」

ユアンはすっかりクラゲに夢中になっている。クラゲが展示してあるスペースは照明を暗くしてあるが、ユアンは気にせず潤の手を引っ張り走って行く。

「ユアン、走ると危ないから」

「平気！　ジュンが転んでもぼくが助けてあげるよ。最近、また力が強くなったんだ。この前サマースクールのスポーツクラスで握力を測ったんだけど――」

青紫のライトの下で白く浮かび上がる小さなクラゲたちを見ながら、ユアンの話は止まらない。昨日もずっと話をしていたが、まだまだしゃべり足りないみたいだ。

最初にユアンと会ったときのクールな印象が嘘のようだ。

ユアンが孤高を持する印象が強いのは家庭の問題もあったようで、五月に潤がイギリスに行った際にアイラと話をしている中でそのことにも触れてみた。自分にも多大に責任があったことを知ったアイラはユアンとの仲を改善すると誓ったが、昨日今日と見ていると努力の甲斐はあった気がする。父親のジョセフが厳しかったりイギリス貴族の慣習があったりで難しいところはあるようだが、ユアンは以前より家族の中でもリラックス出来ているように見えた。

アイラにもこうして矢継ぎ早にしゃべれるようになればいいのにな。

ユアンの話に相づちを打ちながら、潤はそんなことを思った。

「潤、もうすぐ十五時だ」

水槽の表面が鏡となって映るユアンの顔を見ていると、後ろから頭を撫でられる。見ると、泰生が出口の方向を顎でしゃくった。

「あっ、イルカのショーが始まるんだ」

思い出すと、気持ちが浮き立つ。まだクラゲの水槽に夢中なユアンを見てついそわついてしまう潤に、泰生が唇を歪めるように引き上げた。

う、笑われた……。

潤は弟より六歳も年上なのに、ユアンとまったく同じで初めて訪れた水族館に夢中になっていることが恥ずかしくなる。

「ほら、ユアン。おまえの兄貴がイルカショーへ行きたいって言ってるぜ。クラゲはまた後でくればいいだろ。行くぞ」

「あ、タイセイ！　ふたりだけでずるいっ」

そんな潤の複雑な思いを救ってくれるがごとく、泰生が潤の背中を叩いて誘ってくれた。声をかけられたユアンも慌てて追いついてくる。泰生とは反対側の潤の隣を陣取ると、腕にぶら下がるように泰生を見すえた。

「もう。タイセイはすぐに抜け駆けしてジュンとふたりになろうとするんですから！」

「おまえね。おれが絡むと何でも悪い見方をするの、いい加減やめろや」

「えぇ？　日頃の行いのせいでそういう見方しか出来ないのだから、しょうがないじゃないですか。嫌なら、ぼくの気持ちにもきちんと配慮してください。ぼくとジュンの仲を邪魔するような言動は控えてくださいね」

「邪魔してんのはどっちだ」

「タイセイです。ですよね、ジュン？」

「って言ってるが。潤、どう思うよ？」

両側のふたりから見つめられ、潤は言葉につまる。思わず固まってしまい、背中に冷や汗がダラダラと流れていくようだ。

「あ、う、えっと……おれはふたりが仲良くしてくれたらと。あっ、イルカです！」

驚くほど広いプールがあり、悠々とイルカが泳いでいるのが見えた。

先ほどのユアンではないが、今度は潤が駆けていきそうになる。懸命に自重して、人の少ない後方の席についた。泰生からはもっと前へ座ったらどうだと言われたが、前列は子供が座るべきだろう。大学生である自分が陣取ってはいけないと口にし、自分にも言い聞かせる。

イルカのショーが終わってカフェで休憩をし、ミュージアムショップでの買い物を終えた頃にはもうすっかり夕方で、人の数もずいぶん少なくなっていた。特に子供連れの多くは早めに帰るらしく、水族館は昼間の賑わいが嘘のような静けさである。

もう少しゆっくりしていいと言う泰生の言葉に甘えて、潤たちはもう一度クラゲのコーナーへと足を運んだ。ユアンが見たいと言ったからだが、実は泰生もクラゲに何かインスピレーションを受けたらしく、ここへ来ることには大いに賛成してくれた。

家にある本の中でも写真集が圧倒的に多いように、クリエーティブな業界に身を置くゆえに泰生は感性が鋭い。クラゲの形や動きが泰生のそういう何かの琴線《きんせん》に触れたらしい。何かを考え込むように大きな水槽の前に立ったまま動かなくなった。そんな泰生を見て、潤も好きに見ることにする。人が少なくなったおかげで、潤が水槽の一番前を独占していても支障がないのが嬉しい。ユアンも少し先のクラゲの水槽の前で同じように立ち尽くしていた。

水槽に額をつけるように、潤は幻想的な光景を目に焼きつける。

のんびりと傘を動かして水流に乗る半透明のクラゲは、ライトのせいだろうがそれ自身が白く発光しているように美しかった。長い触手を嫋《たお》やかに靡《なび》かせるさまも含めて、いつまで見ていても飽きない。

ふわふわ。くるくる。すーっ。ふわんふわん。

クラゲを表すのはどの言葉だろう?

「あ……」

そんなことを考えて、潤ははたと気付く。

泰生と同じ光景を何度も見ていて少しはクリエーティブな感覚が鋭くなってもおかしくない

のに、クラゲたちを見ても言語の方面にしか頭が働かないのが自分でもちょっと笑える。よほど美的な感性が自分には欠けているのだろう。

「——何か楽しいものでもあるのか？」

ふわっと鼻先にオリエンタルな香りがよぎる。

背後に立った泰生は静かな空間の雰囲気を壊さないようにか、ひそめた声で話しかけてきた。水槽の表面に反射して穏やかな泰生の顔が映っている。

「アマクサクラゲ？　これを見て笑ってたのか？」

水槽と自分の胸の間に潤を挟み込むように、泰生が水槽の表面に手をついて体を傾けてくる。薄いシャツ越しの背中に泰生の熱が伝わってきて、頬が熱くなった。

「いえ、笑ったのは別のことです。それよりすごく優雅ですよね、動きが。だから、つい見とれていました」

身じろぎして、潤も水槽に手を押し当てる。ほてった手に水槽の冷たさが気持ちよかった。なのに、泰生は内緒話をするようにさらに体を密着させてくるのだ。

「ふぅん。でも、ちょっと官能的じゃねぇ？」

しかも、低い声でとんでもない感想を呟いて潤を大いに動揺させる。

「か…官能的ですか？」

「そ。ずっと見ているとセクシャルな気持ちになんねぇか？」

「セクシャルなんて、そんな……」

「ほら、一番手前のヤツ――なめらかで柔らかで何だか誘ってる感じがするだろ」

潤の顔のすぐ横で泰生がしゃべる。その言葉がなぜそんなに甘く聞こえるのか。

クラゲを見ていたはずなのに、いつの間にか水槽の鏡に映る泰生に見入っていた。

甘さと鋭さを内包する印象深い瞳は今はゆるく伏せられてやけに艶っぽい。わずかに口角を上げたまま静かに言葉を紡ぐ唇は何だか悩ましげで、見ていてドキドキした。

その顔が小さく笑う――次の瞬間、鏡越しに泰生と視線が合った。

「っ……」

「そんなに見て、クラゲよりおれの方が魅力的か？」

言葉と共に耳朶の先端に唇を押しつけられ、そのままぱくりと食まれる。

水底のような暗いクラゲの空間は、少々空調がきついようだ。耳朶を食む泰生の唇がひどく熱かったことで、薄いシャツとデニムという格好だった自身の体がすっかり冷えてしまっていたことに初めて気付いた。

自分との温度差にぶるりと体が震える。

「つぅ」

「しー……」

囁く声もひどく妖しくて、潤はたまらず俯いてしまった。

体の奥からぞわりと動き出した熱があって、潤は奥歯を嚙みしめる。が、すぐにまた動揺することになる。水槽についた手を上からぎゅっと握られたからだ。

「ほら、もう一度おれの顔を見ろよ。クラゲじゃわかんなかったかもしれないが、おれの顔だったらわかんだろ、官能的ってヤツが」

「え……」

「今、すげぇ潤にキスしたいって思ってるから――」

熱を帯びた声に誘われて顔を上げると、水槽の表面に泰生の顔が映っていた。が、目が合った瞬間、泰生の艶っぽい眼差しに射貫かれてしまう。

「っ……」

足が小さく震えて、背筋をあやうい痺れが駆け抜けていく。息が乱れて、とっさに唇を嚙んだ。そうしないと、変な声がもれてしまいそうだったから。

「潤?」

「も…もうっ、無理ですぅっ」

色っぽく名前を呼ばれて、潤はとうとう音を上げた。

大きな声を上げて、潤は泰生を押し退けていた。声を聞いてこちらを振り返ったユアンと目が合い、潤はたまらず助けを求めるように駆け寄る。

「ユ…ユアン～っ」

「おいこら。そっちへ行くのは反則だろっ」

背後から信じられないという泰生の声がかかったが、潤は構わずユアンの後ろに逃げ込んだ。

そして顔だけを出して泰生を恨めしく睨む。

どうして泰生はいつも時も場所もお構いなく変なことを言うのか。

そして、自分も毎回どうして泰生に乗せられてしまうのか。

いろいろ考えて、やっぱり泰生が悪いという結論に達した。こういうのが八つ当たりというのだろうが、今日ばかりは構わないはずだ！

あんないやらしい声で囁いてあんな熱い目で見つめる泰生が悪い。

そんな潤をユアンが強い力で背中から引っぱると守るみたいに抱きしめてくる。

「え、あ？　ユアン？」

「ジュン、タイセイにいじめられたんだよね。だったらぼくがやっつけてあげるから、言って？　何を言われたの。何かされたの？」

「いや、やっつけなくてもいいんだけど……」

「遠慮しないで、ジュン。兄さんの仇はぼくが必ず討ってあげる」

すっかりやる気になっているユアンに、潤の方が焦った。

そんなつもりはなかったのに。

「へぇ。仇を討つ、たぁいい度胸だな」

一方泰生も腕を組み、潤を抱きしめるユアンと向き合う。

「待って待って、あの、ふたりとも待ってくださ〜いっ」

静かなクラゲのコーナーに潤の悲鳴は思った以上に大きく響いてしまった。


その電話がかかってきたのは、アイラのバースデーディナーの当日。泰生とユアンと一緒に水族館へ行った翌日のことだった。

「その、今日はすまなかったな。せっかく休んでいるところを呼び出したりして」

ジョセフと一緒にエレベーターに乗ってすぐそんな風に謝られて、潤は少し驚く。

アイラの夫で、イギリス子爵のジョセフ・パートリッジは、貫禄《かんろく》がありすぎて尊大な印象を受ける人物だ。見事な金髪碧眼で、身長も高く恰幅のいい体にいつもきっちりスーツを身につけるイギリス貴族は、何事にも気持ちを乱さず表情を変えないことを信条としているようだ。

だから、そんなジョセフを前にすると潤はどこか畏縮《いしゅく》してしまう感じだが、それでも接するたびに少しずつ身構えることも少なくなっていった。厳しいほど冷静に見えるジョセフだが、愛する妻の前だと一変する——ある意味可愛らしい面を何度も見たせいだ。微笑ましいほどの愛妻家で、アイラには頭が上がらない。しかもアイラのことになるとユアンと同じくらい表情豊かな人間となるところもほっとする。

ただ、今はアイラもいないからと潤も少し身構えていたのだが、そのジョセフがふたりきりになってすぐに謝罪を口にするのだから、逆に潤は動揺してしまった。

「あの…いえ、大丈夫です」

「しかし、今朝電話をしたときはまだ休んでいたのだろう？　ここ二日ずっとユアンを観光へ連れ出してくれたし、疲れているんだろうと思ったんだが」

「朝は、ちょっと寝坊をしただけです。お恥ずかしいですが……」

ジョセフの指摘に、潤は赤らみそうになった頬をそっと押さえた。

ジョセフから電話がかかってきたのは、朝の九時というそう早くもない時間だ。いくら夏休みとはいえ普段なら潤も起きている時間だが、めずらしく今朝は朝寝坊してしまっていた。といっても観光案内での疲れではなく、実は泰生のせいだ。

前日、水族館のクラゲコーナーで潤がユアンへ助けを求めたことを根に持った泰生が、ベッドの中で潤をいじめ抜いたのだ。いや、その時は潤も甘い快楽に溺れてさらに先を求めてしまい、結局のところ自業自得といったところか。夏休みということもあり、アルバイトの仕事もなかったため、今日はちょっと寝坊してもいいかとベッドで微睡《まどろ》んでいたのだが、ジョセフから電話が入って本当に驚いた。

その用件はというと。

「あの、ジョセフ。ジュエリーショップへ行きたいとのことですが、どこか目当ての店はあるんですか?」

「うむ。ホテルスタッフから店の情報は聞いた。これだ」

ショップ情報が手書きで入れられた地図を見せられて、潤は手に取る。

ジョセフの電話は、行きたい店があるため付き合ってくれないかということだった。アイラへ渡すプレゼントを買いに行きたいと言われ、その案内を頼まれたのである。

アイラのバースデーディナーは今夜だ。今日は約束までお互いそれぞれの時間を楽しむことになっていたが、この二日間ずっとホテルでアイラと一緒にすごしていたジョセフは、アイラへのプレゼントが思うように見つけられなかったようだ。

「ホテルへはジュエリーショップの外商の方がいらっしゃっていたと聞きましたが、気に入ったものはなかったんですか?」

ロビーを通り抜けてタクシー乗り場へと近付くと、すぐにドアマンがタクシーの後部座席のドアを開いてくれた。先にジョセフを乗せて、潤も乗り込む。

「悪くはなかった。が、アイラには最高のものをプレゼントしなければならない」

座席に踏ん反り返るように座るジョセフが物々しく言った。

「それにしても、日本の夏は暑いな。ちょっとホテルから出ただけで汗が噴き出してくる。こう暑くてはたまらん」

「そうですね。気温も高いですが日本の夏は湿気があるので、外国の方は不快に思うことが多いようです。すみません、運転手さん。少し冷房を強められますか？」

最後は日本語で運転手にお願いしたが、実を言うとジョセフの格好にも問題がある。夏用の生地ではあるだろうが、それでもかっちりとしたスーツを身につけているのだ。上等のシャツはおそらく長袖で、その上ネクタイまできっちり締めていた。

初秋に入ったとはいえまだまだ残暑も厳しい日本で、こうも着込んではたまらないだろう。

「うむ。少し涼しくなった」

強くなった冷風にジョセフはようやく頬を緩めた。

ジョセフとふたりだけの外出に心配した泰生だったが、心配いらないようだ。実はホテルへ迎えに行った際にアイラやユアンからも案じるような眼差しをもらっていた。実際出がけにユアンが同行を申し出て、アイラをひとりには出来ないとジョセフから反対を受けるという一幕もあった。潤も少し緊張していたが、いざジョセフとふたりきりになっても思った以上に和やかな雰囲気にほっとする。

初対面の印象が強すぎたからなぁ……。

母の夫であるジョセフには、初めて会った際に少々強引な面を見せられていた。潤が親しくしている人たちに紹介しろと迫られたのだが、ジョセフにはその後きちんと謝罪されたしもう無理は言わないと約束されて、潤もそういう方面では心配していない。が、その時のインパクトが強かっただけに、どうしても身構えてしまう部分は確かにあった。

「差しつかえなかったら、どういったものを買われる予定か、聞いてもいいですか？」

「真珠のネックレスを買おうと考えている。が、どうもパッとしたものがない」

「パッとしたものがない……？」

ラグジュアリーホテルが懇意にしているジュエリーショップで、パッとしたものが見つからないと言われると、一体どういうものを求めているのか不安になってくる。

「それというのも、ハシモト氏のせいだ」

「ハシモト氏……父のことですか？」

潤が聞くと、ジョセフからじろりと睨まれた。

「昨日、休養しているアイラのためにと見舞いの品が送られてきたのだ。昔アイラが好んで食べていたという水羊羹《みずようかん》なるものだった」

「水羊羹……アイラは好きなんですね」

「……うむ。食欲をなくしていたアイラなのに、届いた水羊羹を喜んで口にしたのだ。私がホテルに取り寄せてもらったどの食事よりも多く食べていた！」

「ええと……」

「ハシモト氏は、まさかアイラのバースデープレゼントのゲームに参加するつもりではなかろうな？　過去アイラが日本にいたとき、一番近くにいたハシモト氏がこのゲームに参加するのはフェアではないぞ。何より、アイラにあんな喜んだ顔をさせるなどずるいではないか」

むっとした顔で睨まれて、潤はどうしようかと思った。青い瞳は興奮するとさらに深い青へと色変わりをするのだと初めて知る。厳しい目つきで潤を見すえるジョセフに、ちょっとしたジェラシーだとわかっていても思わず背筋が伸びた。

「父は、単に見舞いの品を贈っただけだと思うのですが」

「だが、アイラには結構なインパクトだったはずだ。だったら、私のプレゼントはそれ以上のインパクトを与えるものでなければならない。そのような品はただ待っているだけでは見つからないだろう。事実、ホテルで見せられたジュエリーは美しくはあったがこちらに訴えてくるものがなかった。アイラが気に入るようなプレゼントは自ら探しに行かないとダメなのだ」

どうやら潤の父が見舞いの品を贈ったことで、ジョセフを大いに発奮《はっぷん》させたらしい。

ジョセフも熱い人だよなぁと、潤は微笑ましくなる。

「わかりました。いいものが見つかるといいですね」

「うむ。が、くれぐれも、私が何を買ったかなどはハシモト氏にリークしないように」

念を押されて、潤はすぐに肯定する。

ホテルの情報にあったジュエリーショップは日本でも有数のブランド店で、ここでだったら何か見つかるだろうと潤は安易に考えていた——が。

「違う。もっと他にないのか。私はこういうものを求めているわけではない」

ジョセフはスタッフをきつく見すえる。

ホテルから事前に連絡をもらっていたらしいジュエリーショップでは、店の奥の個室へと通されてさっそく商談が始まった。トレーに並べられていく真珠のネックレスはどれも見事なものばかりで、宝石などわからない潤でもそのすばらしさはひしひしと伝わってくる。

これだったら気に入るものも見つかるかと思ったが、ジョセフは厳しい顔のままだった。

「あの、ジョセフはどんなネックレスがいいんでしょう？」

テーブルの上にはこぼれ落ちんばかりにさまざまな真珠のネックレスが並んでいる。数もそうだが、真珠の色が違ったり真珠に宝石が組み合わされていたりと種類も豊富だ。そのどれもがダメだというのなら、一体どんなものがいいのか。

「――わからん。が、アイラが好むものはこういうものでないとはわかる。日本らしいと言ったら真珠だろう。だから、真珠のネックレスがいいと思ったのだが」

「あの……プレゼントのゲームは、日本を楽しんでいることが伝わる品という限定がついていましたよね？　だったら別に真珠のネックレスじゃなくても、日本のジュエリーショップでジョセフがアイラのために選んだものであれば構わないのではないかと思うのですが？」

提案すると、ジョセフは潤の顔を少し驚いたように見た。その強すぎる眼差しに少し言いすぎたかと潤は後悔する。不快そうな表情ではないけれど、ポーカーフェースが上手なジョセフのこと。潤には気持ちが読みづらくて、彼が怒っているのかいないのかわからなかった。

「すみません。生意気なことを言いました」

「いや、そうだな。別に真珠にこだわらなくても——いっそ、ジュエリーにこだわらなくてもいいのかもしれない。ふむ。そうと決まったら、行くか」

立ち上がろうとするジョセフに、潤もショップのスタッフも大いに慌てる。

「ちょっと待ってください。行くってどこにですか？」

「ジュンの知っている店に行こう。日本のお薦めのショップへ連れて行ってくれ」

「えぇ～っ」

潤が悲鳴を上げたのは言うまでもない。しかし取りなしてもジョセフの気持ちは変わらず、潤はジュエリーショップに礼と謝罪を言い、急かされるまま店を後にした。

イギリス紳士で子爵位を持つジョセフをどこへ連れて行けば満足してくれるのか。その妻であるアイラのプレゼントにふさわしいショップはどこか。

考えるが、潤にはとんと思いつかなかった。お香専門店は初日にユアンを案内したし、ジョセフが満足出来るような品が置いてあるショップに潤が行くことはほとんどないのだから。

取りあえず、ホテルに紹介されたもう一軒のジュエリーショップへ行くことを了承してもらい、その後を考えることにした。タクシーの中で、泰生はもちろん他の知人へも外国人が好む土産ものショップの情報を教えてくれないかと連絡しておく。

到着したもう一軒のジュエリーショップでは真珠以外にも範囲を広げてジュエリーを見せて

もらったが、やはりここでもジョセフの気に入ったものはなかった。ゆえに、いよいよ潤がお薦めするショップへ連れて行かなければならなくなる。

「さて、どこへ連れて行ってくれるのか」

頭を抱えた潤だが、さいわいにもタクシーの中でメールを送った人たちから、続々と返事が返ってきていた。それをひとつひとつチェックする。

「そうですね。日本のフラワーデザイナーが作ったアレンジメントはどうですか？　アイラは植物が好きなんですよね？　だったらアイラが好きな花を組み込んで、和のアレンジメントを作ってもらうなんてすてきだと思います」

「ほう！　悪くないな。日本の花というのは、アイラも興味深いはずだ」

最初に潤が薦めたのは、未尋《みひろ》と大山《おおやま》が教えてくれた案だ。

未尋が師事する浅香《あさか》に働きかけてくれ、最高のものを準備すると約束してくれた。大山も、以前に浅香が外国人に和風のフラワーアレンジメントを作って喜ばれていたというエピソードを教えてくれたことで、ジョセフにも薦めやすかった。

ちょうど近くだったため、浅香のフラワーショップ『スノーグース』へ向かった。

「浅香さん、未尋さん。先ほどはありがとうございました。今日はお世話になります」

ショップが入るファッションビルに到着すると、潤はタクシーを降りて待っていてくれた浅香たちへ一番に礼をする。

「初めまして、パートリッジ卿。店を訪れてくださって、大変光栄に思います――」

ジョセフを迎えて、浅香が美しい英語で挨拶した。尊敬する師匠のそんな姿を見て未尋がキラキラと目を輝かせる光景に、潤も少し気持ちが解《ほぐ》れる。

ここでも気に入るものがなかったらどうしようと気を揉んだが、浅香のリードのもと話はトントンと進んでいく。アイラの雰囲気、印象、普段から植物を育てて楽しんでいるという話までジョセフの口からいとも容易《たやす》く引き出して、浅香は伏し目がちにしばし考えた。そしてすぐにアレンジメントの構想を練り上げ、未尋のイラストで形にしていく。見せられたアレンジメント案に、ジョセフは満足げに頷いた。

「悪くない。では、それを頼もう。あとで食事をする店まで届けてくれ」

悪くないというのは、ジョセフの中では最上の誉《ほ》め言葉なのかもしれない。

潤は心からほっとする――が。

「さあ、ジュン。次の店だ」

会計を済ませたジョセフは立ち上がるとそう言った。

「あの、今の花はプレゼントではないんですか？」

「花は消えものではないか。アイラに日本の思い出を渡したいんだ。何か形として残るものが、もうひとつ必要だ」

当然ではないかと返されて、潤は少しだけ肩を落とす。けれど、すぐに顔を上げた。

スマートフォンを操作して、泰生たちからの返事を読む。が、泰生のメールは勝手なことを言うジョセフに腹を立てている内容だった。そんなジョセフなど叱り飛ばしてやるから今すぐ電話をかけてこい、と。泰生はもとより実は姉の玲香からもほとんど同じ内容のメールが届いて少し笑ったが、事態は少しも笑えない。

ふたりにはすぐに丁寧なメールで断りを入れておいた。

メル友である田島《たじま》からは「デパートだったら間違いないっすよ」という答えで潤も一時は考えたが、そんな中、今年三月の八束《やつか》のイベントで親しくなったイベント会社の木村《きむら》から有力な情報を得ることが出来た。厳選された日本の伝統工芸品を集めたセレクトショップが最近オープンしたとのことだ。ショップに置いてある品はどれも伝統的でありながら新しいエッセンスが盛り込まれたものばかりでぜひお薦めするとメールでも絶讃されていた。

少し距離はあったが車だとそう遠くもない。次はそこに行ってみることにする。それでもダメだった場合は、田島が薦めるデパートだ。

「タクシー乗り場はビルの裏ですね。少し歩きます――」

ふたりでショップを出て歩き出したとき、ジョセフの顔色が何となく冴えないことに気付いた。異様に汗をかいているのは暑いからだろうが、それでも少しかきすぎのような気がする。もしかして、熱中症になりかけているのではないか。

「ジョセフ、少し休憩しませんか？　お昼も近いですし、軽く食事でもどうでしょう？」

「いや、食事より早くショップへ行こう。それで――…」

しかし、ジョセフはそこで歩みを止めて壁に倚《よ》りかかった。潤はぎょっとしてジョセフを支えようと手を伸ばす。

「大丈夫ですか？　気分が悪いのではないですか？」

「いや、少し暑いだけだ。暑くて、汗が出て、気持ちが悪い……」

「休憩しましょう！　熱中症かもしれません」

「しかし――」

「ダメです。今回は言うことを聞けませんっ。ビルの中に入りましょう。冷房が入ってるし、早く体を冷やして水分と塩分を取らないと！」

潤はなかば強引にジョセフを連れて歩き出した。潤より何倍も体が大きかったが、何とか支えられたのはジョセフにもそれなりに意識と感覚があったからだろう。それにほっとしてビルのカフェへ入り、店員に事情を話して冷水を持ってきてもらった。ジョセフにコップを渡すと小さく手が震えていることに気付き、潤はジョセフの手に自分の手を添えて水を飲ませる。

「少し服を緩めますね。えっと、上着は脱いだ方がいいと思います。あと、念のためにスポーツドリンクを買ってきます。薬局が地下に入っているとのことなので、行ってきますね。少し待っていてもらえますか？」

もたもたと慣れない手つきでスーツの上着を脱がせ、ネクタイとシャツを緩めながら潤は話しかける。ジョセフは潤に任せっぱなしでぼんやりして、ただ頷くだけだった。首筋にもらったおしぼりを当てて体を冷やしたあと、店員にひと言声をかけて、カフェを出る。足早に用件を済ませてまた店に戻ると、ずいぶん顔色のよくなったジョセフがいた。それでも心配だったので、薬局の店員に勧められて購入した経口補水液を飲んでもらう。

「すまなかったな。少し体調管理が出来ていなかったようだ」

ようやく汗も引いて顔色も戻ってきたジョセフがため息をついた。

「もう大丈夫ですか？　今日はホテルへ戻った方がよくないですか？」

潤が心配して訊ねると、小さく笑われる。それは思いがけず柔らかい笑みだった。

「君は、内面もアイラによく似ているんだな。自分のことより他人のことばかり気にかける。普段は穏やかなくせに、いざというときは火のように強くなる」

「アイラがそうなんですか？」

「あぁ。昔——今日と同じようなことがあった。だが、介抱する手つきはなっておらんな。無理に引っぱられてスーツが破けるかと思ったぞ。次回までにアイラに習っておきなさい」

先ほど服を寛げたときのことだろう。ぐったりと椅子に座った体の大きなジョセフから上着を脱がせることに、思った以上に手間取ってしまったのだ。恥ずかしさと申し訳なさに潤は目を伏せるが、ジョセフはいたって楽しげに口元を緩ませている。

「その分、心配する気持ちも思いやりもストレートに伝わってきた。不器用さもな。潤も本当に優しい人間なんだなと思った。そういうところもアイラとそっくりだ」

椅子に深く座って、ジョセフは窓の外にある中庭へと視線を投げる。

「少し疲れたな。ここでちょっと休憩していこう。君も何か頼みなさい」

潤も喉が渇いたことを思い出してジンジャーエールを注文する。ドリンクを運んできてくれた店員にもう一度丁寧に礼を言う潤を、ジョセフはじっと見ていた。

「あの、ジョセフ……？」

「――少し昔話をしよう。私がアイラと出会ったときの話だ」

ジョセフは恰幅のいいお腹に両手を置き、リラックスした体勢で話し出す。

「私がアイラと知り合ったのは、アイラが日本を出て一年ほどたった頃だったらしい。取引先の事務所で働くアイラに私はひと目ぼれだった。顔立ちが美しいのはもちろん、それ以上に惹かれたのはアイラのもの静かでどこか翳《かげ》のある雰囲気にだ。しかし、私が何度アタックしても全然靡いてくれなくてな」

小さく笑みを作るジョセフに潤は目を丸くした。

まさか、ジョセフがアイラの話をしてくれるとは思いもしなかったからだ。

そんな潤に、ジョセフはシニカルに笑う。

「まぁ、黙って聞きなさい」

「はい」

「それまでの私はずいぶん傲慢でな。今でも……まぁ、そう言われなくはないが。とにかく昔は少し思い上がった男だったのだ。そんな男にしつこくされて思いあまったアイラはある日、自分は子供を捨てた女だと言い放った。私はショックを受けたが、同時にアイラにつきまとう暗いイメージがそこから来るのだとわかり、さらに夢中になってしまった。私こそがアイラを救ってあげたいと」

ジンジャーエールを飲みながら、潤は神妙に話を聞く。

「だから私はさらにアイラに優しく接して事情をすべて聞き出した。すると、どうだ。アイラには何の罪もない話ではないか。だから言ったのだ。そんな家は飛び出して正解だったと。捨てたという子供だって、そんな人間たちの血を引いているのだから、将来どんな人間になるかしれない。アイラの選択は正しかったのだと。言ったとたん、平手が飛んできたよ。女性に手を挙げられたのは初めてだった。あんな火を噴くような目で見つめられたのも……」

ジョセフは苦く笑う。

「それから二年間、アイラはまったく口も利いてくれなかった。必死に許しを請い名誉挽回に努める私を徹底的に無視し続けたが、ある時体の具合が悪いのを押してアイラのもとへ駆けつけたとき、さっきのジュンのように親身になって介抱してくれたんだ。それまで視線すらくれなかったアイラが、心から心配してくれた。私には思いもつかない繊細で優しい心の持ち主だと、その時もう一度アイラに恋をしたんだ」

それからは、少しずつアイラと仲を深めていった。ジョセフを拒絶していた二年の間も、アイラはずっとジョセフを見ていたらしい。傲慢だが、その内にあるジョセフの誠意はちゃんと伝わっていたようだ。ふたりが付き合いだしたのも、そう遅くはなかったらしい。が、結婚の話になると別だ。アイラは頑なに首を縦に振らなかった。

「自分は幸せになってはいけないとアイラは言うんだ。その資格はない、と。日本に捨て置いてきた子供のことを思うと、自分だけ幸せにはなれない、とも。だから私は言ったんだ」

いつか日本に置いてきた子供を引き取る日のために、アイラ自身が幸せでなければならない。アイラが幸せでなくてどうして子供を幸せに出来ようか、と。

その言葉に説得されて、アイラはようやく結婚を了承してくれた。が、結婚してからアイラは情緒不安定になることが多くなったという。自分が幸せであることが後ろめたくて、気持ちが揺らぐらしい。

それを見て、一刻も早く日本に置いてきたという子供——潤を引き取るべきかとジョセフは悩んだようだが、アイラは何度手紙を送っても梨のつぶてなのは、自分が潤に憎まれ拒絶されているせいだと思い込んでしまっていた。弁護士を立てて橋本家に問い合わせても返答がないことが、さらに拍車をかけていたようだ。

捨てたという負い目があるせいで潤に対して強引に動くことも出来ない。それ故に、償うことが出来ずアイラの気持ちも休まらない。強迫観念に駆られたようなアイラだったが、ジョセフの思いは少し違ったという。

「やがてユアンも産まれて、私は今の状態で十分幸せだと思った。確かに、たまにアイラは感情を揺らして不安定になるが、私が寄り添うことで落ち着いてくれる。だから、新しい因子など——君の存在はいらないと判断した。君のことは、アイラと結婚してすぐから調査会社に調べさせ、それなりの事情を知っていた。君がアイラと同じようにハシモト家で冷遇されていたことも内向的な性格で苦労していることも。それを見て見ぬふりをしていたのはそんな事情からだが、それ以上に、私にとって君はアイラを苦しめる敵だと思っていた時期もあったんだ」

はっと潤はジョセフの顔を見た。ジョセフは一瞬だけ視線を合わせたが、すぐに目を伏せる。少し気まずそうに。

enemyという英語で『敵』とする単語がものすごく強く潤の胸に突き刺さってきた。

ジョセフの話はまだ続く。ふたりにとってとても聞きづらい内容で。

「だから今年の初夏、君がアイラに会いにイギリスへやってきたときは複雑な気持ちだった。正直言うと、会いたくないという気持ちの方が強かったかもしれない」

ジョセフはそこで言葉を止めた。話を続けようとしているらしいが、何か言いにくいのか何度も唇を舐めている。潤はジョセフの言葉をじっと待ち続けた。

五分ほど沈黙の時間が続いただろうか。

カランとグラスの氷が音を立てたタイミングで、ジョセフがすっと背筋を正す。

「――それを、いや、それらを今謝罪する」

「え……？」

「君の真心に触れて、君が私の思っていたよりはるかに純粋な人間であるのを知った。先ほどの介抱もそうだ。私を心から心配するジュンを見て、不器用に世話をする手に触れて、何とも温かい気持ちになった。君はアイラの息子だと――血は繋がっていなくとも確かに私の息子なのだと愛おしく感じた。そんな君を、どうしてもっと早くに迎えに行かなかったのか今さらながらに強く後悔した。日本で長く冷遇されていた君を、私だけは助けられたはずなのに」

どこか痛いような目で見つめられて、潤は瞬きも出来なかった。そんな潤に、ジョセフは自嘲するように唇を歪める。

「そんなに澄んだ目をしている君を、一度でも敵だと考えてしまったことにも愕然となった。初めて会ったときのこともそうだ。あんな傲慢な振るまいをしてしまったことを今では深く悔やんでいる。ジュンと接していくほどに、君の人柄を知るごとに、自分が間違っていたことを痛感する。昨日より今日、今日より明日と、より強い自責の念に苛まれるのだ。ジュンを愛おしいと感じれば感じるほど」

「ジョ…セフ……」

「本当にすまなかった――」

頭は下げることはなかったけれど、ジョセフのそれは確かに心からの謝罪だった。

碧眼が強く潤を見つめる。その表情からは尊大な雰囲気がかき消えていた。

潤は昂《たかぶ》る気持ちを落ち着けるために何度も胸を叩く。何度も何度も。そんな潤をじっと見つめていたジョセフはおもむろに口を開いた。

「そして、改めて君に願いたい。私の家族になってくれないか」

「っ……」

「出来うるなら、君をイギリスに引き取って一緒に暮らしたい。アイラの子供としてではなく、私たちの子供としてだ」

「あ、の……」

潤は呆然とジョセフを見つめた。突然の願いは思いがけないものだった。声を出そうとすると、昂りすぎた胸の奥から熱いものが込み上げてきて慌てて唇を嚙みしめる。が、時すでに遅し。潤の目からは大粒の涙がこぼれていた。

「あっ、すみませんっ」

「泣くほど嫌か？　やはり昔のことは許せないか」

「違いますっ。そうではなくて、ちょっと嬉しくて……」

すぐに手の甲で涙を拭い、鼻をすする。

今までだってジョセフは潤によくしてくれていた。五月のイギリス滞在最後には潤の誕生日プレゼントとして特別なカントリーハウスでの一日を体験させてくれたし、初日のあの時以降は本当に親しく接してくれた。

なのに、今度は気持ちの面でも潤を受け入れてくれようというのだ。家族として潤自身を望んでくれる。アイラの子供としてだけではなく。

それは答え如何にかかわらず、とても嬉しい申し出だった。

ジョセフこそが、ある意味真っ直ぐな人間なのかもしれない。自分の息子ほども年の離れた潤に謝罪することは、ジョセフのような人間にとって一番難しい行為のはずだ。何より心の中の汚点や正直な思いや感情を告白することはとても勇気がいることで、それを行ったジョセフの誠意を潤は心から尊敬する。

アイラがジョセフを好きになったのも、こんな部分を知ったからではないだろうか。

「嬉しいということは、私の願いを受け入れてくれると言うことか？　私の行いも許すということだろうか」

慎重にジョセフが訊ねてくる。その言葉に、潤は顔を上げた。

「おれのことを家族として迎えたいと思ってくださって、ありがとうございます。以前のことはもういいんです。ジョセフの今の気持ちがとても嬉しくて涙が出ました。けれど、イギリスへ行って一緒に暮らすことは出来ません」

「——まぁ、だろうな」

潤の答えに、ジョセフは落胆した様子もなく肩を竦めた。同じような言葉を、以前イギリス滞在中にアイラに言われて潤は断っているのだ。十分予想出来たのだろう。

「仕方がない。今はジュンの嬉しいという言葉で満足することにしよう」

ジョセフは納得してくれたようで、潤もほっとした。

「では、そろそろ買いものの続きといこう。いや、その前に食事を取る必要があるな。近くにレストランはないか？　ここも悪くないが、軽食よりちゃんとした食事がいいだろう」

「でしたら、このビルに鉄板焼の店があります。少し値段は張りますが、味は保証します」

支払いはジョセフがすることになるだろうから高い店を提案するのは気が引けたが、イギリスの子爵を案内出来るようなレストランは限られている。以前に、友人の未尋とちょっとした機会があって訪れた店だ。

「鉄板焼か、悪くない。そこにしよう」

あの時に行っておいてよかったと潤は安堵した。

緩めていた襟元をきっちり直してネクタイも締め直し、さらには上着も着直してジョセフは立ち上がった。どんなに暑くても、イギリス貴族は装いを崩さないらしい。

熱中症にならないよう、今度はおれがもっとまめに気をつければいいか。

そう思い、ジョセフと一緒に店を出る。

前回、高級な鉄板焼屋に未尋と訪れたときは一番安いランチメニューを頼んだが、ジョセフは何のためらいもなく一番高いメニューを注文した。潤もお相伴《しょうばん》に与《あずか》ったが、前回のとき同様に美味しい料理の数々を堪能することになった。

「君のお薦めの店へ行く前に、ちょっと付き合ってもらいたい場所がある」

食事を終えてどこかへ電話をかけていたジョセフは、鉄板焼屋を出て一番にそう言った。連れて行かれた場所は、老舗テーラーだ。オーナーらしき初老の人物と親しげに話す様子から、どうやらジョセフがイギリスで経営するツイードメーカーと取引をしている得意先なのだろう。

「この子だ。頼む――」

そんなオーナーの前へ潤が押し出された。

「あの、ジョセフ?」

「心配することはない。ただ、採寸をしてもらうだけだ」

まさか、ここでスーツを作ってくれるとでも言うのか?

オーダーメイドのスーツの値段がそれなりにわかってきた潤だけに、そう簡単に受け取れるわけがない。

「採寸というのはどういうことでしょう?　先ほど食事をご馳走してもらった以上のものを、おれは受け取ることは出来ません」

が、潤の心配にジョセフは首を振った。

「ここでスーツを作らせるわけではない。イギリスの、我が家が懇意にしているテーラーに頼むのだ。スーツを作るために、ジュンをロンドンまで呼びつけることは出来ないだろう?　だから、ここで採寸だけしてもらうのだ」

「ですから、そんなスーツを作ってもらうこと自体が申し訳ないと――」

「確かに、君もいいスーツは持っているようだな。前回イギリスでの食事会のときに着ていたスーツはオーダーものだろう？　だが、私たちが作るツイードを使ったスーツはまた別だ。あれ以上のスーツはないと私は自負する。申し訳ないという問題ではないのだ。潤にはあれを着こなせる男になってもらいたいからな」

「あの、はい……」

ジョセフの言葉に、潤はそう返事するしかなかった。

尊大な態度は、仲が少し深まっても変わらないようだ。いや距離が近まったからこそ、さらにパワーアップしていないだろうか？

だが、どうしてだろう。それも今は何だか心地いい気がした。


「ずいぶん遅かったな。えらく振り回されたんだろう？」

ジョセフと別れたのは、夕方に入った頃だった。

アイラのバースデーを祝うディナーまでもうあまり時間がない。慌てて帰宅した潤を待っていたのは、すっかり出かける準備が整った泰生だ。

ちょうど洗面室を使っていたらしく、駆け込んだ潤を抱き止めるように腕に囲った。

「わっ、びっくりした。あの、でも今は汗をかいているのでせっかくのスーツを汚すかもしれないし、離してください」

わたわたして泰生の胸に手をつき、体を離す。

スーツといっても、今の泰生は昼間のジョセフのようにかっちりした作りでも着こなし方でもなかった。涼しげな薄いブルーのリネンスーツは袖口を無造作にまくり上げ、いい感じにドレスダウンしている。ノーネクタイで艶のある紺色のシャツはボタンをふたつほど開けて首のラインを見せているのも何気に色っぽい。

さすがモデルというかっこよさに、潤は思わず見とれてしまった。

「潤、もしかして泣いたか？」

が、見下ろす泰生がふっと眉を曇らせる。目元を長い指で触れられて、あっと我に返った。すぐに笑顔で否定する。

「嬉しくてです。今日、とても嬉しいことがあったんです――」

潤は、今日の昼間の出来事を泰生に簡単に話して聞かせた。ジョセフから家族になりたいと申し出があったこと、これまでのことを改めて謝罪されたこと、アイラとジョセフのなれそめも流れで少しだけ。

「まぁ、ジョセフの気持ちもわからないでもないか。あのオッサンはアイラにべた惚れだし、そのアイラが絶えず気にかける潤へどうしてもマイナスイメージを持っちまうってのは。ジョセフにとって潤は継子《ままこ》だからな、愛情がわきづらいのは当然だ。この場合、それを覆させた潤がすげぇって話だよな。しかも相手はあのジョセフだ。ったく、えらく嬉しそうな顔して」

「痛っ」

泰生は微苦笑して潤の額を指で弾いてくる。声は上げたが実際痛くはなく、潤は笑顔のままで泰生の指が触れた額を触った。

「まぁ、ちーっと虫がよすぎると思わなくもないが、そういうのを全部さらけだせるってのも、ジョセフが悪い人間じゃないってことだよな」

「そうなんです！　ジョセフはいい人です。さすがアイラの旦那さまだと思いました」

「潤にかかれば誰でもいい人になるけどな。それより、そろそろシャワー浴びてこい。間に合わなくなるぜ」

「そうでした！」

指摘されて、潤は急いでシャツのボタンを外していく。が、その段階でも泰生が潤の前に立っていることに気付いて、慌てて開けたシャツの前をかき合わせた。

「泰生！　シャワーを浴びるんですから出て行ってください」

「えぇ？　いいじゃねぇかよ、別に見てても」

「ダメです。もう、早く出てってくださいって」

口で言うだけでは聞いてくれなかったため、腕を引っぱって背中を押して泰生を洗面室の外へと押し出す。笑い声を上げる泰生は、潤の腕に逆らわず動いてくれた。が、ドアを閉めようとしたときだけ潤の手を阻む。

「泰生？」

「ただいまのキスがまだだったろ」

言われて、体を屈めてくる。唇が触れ合うだけのキスを一度、触れ合わせたまま柔らかく唇を吸うキスを一度——。

「……ん。今はこんくらいか。ほら、呆けてないでさっさと準備しろ」

キスの余韻でぼうっとしてしまった潤に、最後チュッと派手に音を立てるキスをして泰生は背を向けた。あっさり閉められたドアに、潤は恨めしい視線を送る。

もうちょっと長くてもよかったのに……。

「潤、ちゃんと動いてんのか？」

「わっ」

そんな潤にドアの外から笑いを含んだ声がかけられる。

泰生って透視能力でも持ってるのかな。

心底驚いたが、時間がないのは確かだ。すぐに気持ちを切り替え、潤はシャツに手をかけた。

アイラのバースデーを祝うディナーは、潤の父・正《ただし》が特別に手配した和食料理店で行われた。日本らしい上品で落ち着いた個室の様相に、ジョセフがことの外《ほか》喜んだ。

世界のコンテストで賞を取ったという日本酒で乾杯し、一品一品運ばれる日本料理は冷たかったり熱かったりと、料理が一番美味しい状態でテーブルに並んでいく。

ようやく体調が戻ったらしいアイラも久しぶりの日本料理を存分に堪能してくれた。今日のジョセフとの話し合いの件をアイラやユアンが知っているのかはわからないが、会食は今までになく和やかなムードで進んでいく。

「ジュンが着てるチャイナ服って可愛いね。あとで一緒に写真を撮ろうね」

ユアンが褒めてくれたのは、泰生が買ってきてくれた香港《ホンコン》出身のデザイナーの服だ。革のようにも見える香雲紗《こううんしゃ》という特別のシルクで作られた黒地に銀糸の唐草模様の刺繡《ししゅう》が入った細身のチャイナ服とズボンである。長袍《チャンパオ》とまではいかないが少し丈の長いドレスシャツ風でちょっとかしこまって見えるからと着たのだが、ここに来るまでの車中で、パリでは子供服として売られていたと聞かされて複雑な思いになった。

もっと早くに教えて欲しかった。ユアンにも可愛いと言われたし……。

ユアンに褒められても、アイラやジョセフに似合うと目を細められても、あまり嬉しいと思えない。思ってはいけない感じがする。

「さて、そろそろじゃねぇ？」

テーブルに頬杖をつき、泰生が意味有りげに言葉を発した。待ってましたとばかりに動き出したのはジョセフだ。

「アイラ。私からの誕生日プレゼントはこれだ」

ジョセフは、和食料理店へと配達されてきた浅香のフラワーアレンジメントと小ぶりな箱をいそいそとテーブルへ置く。

「秋の気配が感じられるすてきな和のアレンジメントね。この器も植物よね？　竹かしら」

「いや、トクサと言うらしい。このグリーンのニワトリのトサカのような花はケイトウといって、こっちがグリーンマムとワレモコウ？　か」

アレンジメントを彩る植物たちを事前にもらっていた説明付きイラストを見て解説していくジョセフに、アイラは少女のように嬉しげに目を細めた。

浅香が作製したのは和の趣が感じられるフラワーアレンジメントだ。トクサという竹に似たグリーンを編み上げて作った器の中に、グリーンや上品なブラウン、暗紅色などが混在し、ナチュラルな初秋を見事に表現している。

また、小箱の中身は江戸切子《えどきりこ》のペアグラスだった。

「ジュンが尽力して手に入れてくれたのだ。この細やかなカットが美しいと思わないか？　グラスを回すとカッティングが万華鏡《まんげきょう》のようにキラキラ輝くんだ」

青色と赤色の江戸切子のブランデーグラスで、職人がセレクトショップで展示するために特別に作った非売品をジョセフが口説き落として何とか譲ってもらったのだ。ジョセフが捲《まく》し立てる熱がこもった言葉を訳すのに、潤は大変苦労した。

その過程もジョセフが面白可笑しく話題にし、アイラを笑わせていた。泰生からは同情の眼差しをもらったが。

「じゃ、次はぼくね」

ユアンのプレゼントは、浅草の仲見世で買った日本らしい提灯と扇。そしてお香専門店で選んだスティックタイプのお香と香り袋、そして水族館で購入したイルカのガラスの置物だ。

ジョセフと同じくプレゼントを選んだときのエピソードもつけ加えられて、潤もアイラと一緒ににこにこ聞いた。

「ほら、次は潤が行け」

泰生に言われて、潤もテーブルにプレゼントを載せる。が、ふたりのプレゼントのあとだとどうしてもインパクトが薄れてしまうかもしれない。

潤が選んだのは、椿《つばき》の花を模した香立てとクラゲの写真集と江戸切子の文鎮《ぶんちん》だ。どれもユアンやジョセフを連れて行った先で購入したもので、しかも微妙にかぶっている。

「どうしてそれを選んだのか、聞かせてくれるかしら?」

アイラに訊ねられ、潤は四苦八苦しながら話す。

「まず香立ては、ユアンと一緒に行ったお香屋さんで見つけました。ユアンが線香をプレゼントとして選んだので、それを使える器がいいなと思って」

「すごく迷っていたよね。すてきなのが何個もあったんだ。でも、母さんには花がいいって一緒に話し合ったんだよね」

潤のつたない説明にユアンが補足してくれた。

「クラゲの写真集は、二日目に行った水族館で買ってきました。それで、えっと……クラゲがとてもすてきだったので」

「潤のヤツ、クラゲがすげぇ気に入ってさ。アイラにも見せてやりたいって、ぬいぐるみと写真集を手に持ってウロウロしてたんだよな。さすがにぬいぐるみをプレゼントするのは子供っぽいとやめたが、おれとしてはぬいぐるみの方が潤のイメージに合ってたと思うんだがな。特に棚にあったでっかいヤツ」

「泰生っ」

茶々を入れる泰生の袖を横から引っぱる。

「ふふ。そうね、ジュンが気に入ったぬいぐるみだったら私も見てみたかったわ」

「あ、だったら今度また行って買ってきます！」

アイラに微笑まれて、潤は力一杯約束した。

「このペーパーウエートは、アイラからよく手紙をもらうので、その時にでも使ってもらえたらと。色のついていない透明な江戸切子なんですけど、光を当てるとプリズムになってきれいなんです。えっと、テーブルに出してみますね――」

「私がやってやろう。こうだ、こう。む、こっちの方が光が来るか?」

店でもジョセフが気に入っていたもので、箱から取り出すとさっそくジョセフが手を出し、テーブルの上で文鎮を動かしていく。あちらこちらと光の調整のために文鎮の置き場を変えているジョセフを見て、泰生が潤に日本語で耳打ちした。

「何か理科の実験をしてる体の大きな小学生みたいだよな」

思わず笑いが出そうになり、潤は懸命に我慢する。が、話が聞こえたのか潤の隣にいた父が思いっきり噴き出していた。

「し、失礼。の…喉の調子が。ん、んんっ」

「おいおい、大丈夫かよ、オトーサマ? まるで小学生のようだな、その言い訳」

泰生の言葉に、父はたまらずテーブルに突っ伏してしまった。声は出さなかったが、どうやら笑いむせているらしい。

「父さん、大丈夫ですか? お水でももらいましょうか?」

「だ、大丈夫だ。泰生。きさま、覚えていろ」

笑いすぎて涙のにじんだ目で父が唸った。

「ああ、ちなみに私のプレゼントは先日贈った水羊羹だ」

「何⁉　ハシモト氏もプレゼントのゲームに参加するつもりなのか」

ジョセフが愕然《がくぜん》と父を見る。

「ジョセフ。強力なライバルの登場だな」

「何とライバルなのか⁉」

泰生の冷やかしを本気にしてジョセフが気色ばんでいる。潤はやめた方がいいと泰生を止めるが、恋人はにやにやと笑うばかり。アイラは冗談だとわかっているみたいににこにこしており、ユアンは少し驚いた顔をしていた。

「パートリッジ卿、私はライバルになる気はない」

そう父が断言するまで、ジョセフの顔から緊張は解けなかった。

「さて、これで出揃ったな。では、アイラ。君はどのプレゼントを――」

「待った。まだおれが出してないだろ」

ジョセフの言葉を遮ったのは泰生だ。

泰生も、アイラのために何かプレゼントを用意していたのか。そういえば小さな紙袋を持ってきていたことをようやく思い出す。

「余分な説明はいらないはずだ」

アイラが渡された包みを開いていく。中から出てきたのは、写真立てだ。が、中央の写真を入れる部分は何もない。真っ暗だった。

「デジタルフォトフレーム。電源は横だ。充電してるし、今見るぐらいなら問題ないだろ」

言われて、アイラが操作してテーブルに写真立てを置いた。

「えっ」

立ち上がった画面に映し出されたのは、潤の写真だ。おそらく水族館だろう。淡く光る水槽を前に、夢中で見入っている横顔が写し出されていた。が、その写真もすぐに別のものへと変わる。今度はユアンと一緒だ。ユアンと潤が手をつないで歩いている写真。どちらも楽しそうな顔を見せていた。

まるでスライドショーのように数秒越しにどんどん画像が変わっていく。

「これ……」

アイラが震える指を伸ばした。

「おれと暮らし始めてからの潤だ。あぁ、これが一番古いか？」

画面に新しく映し出されたのは、潤の高校生時代の制服姿だ。いつのものだろうか。今より何となく顔立ちも幼い気がする。泰生の携帯電話で撮られたものか、恥ずかしげにこちらを見つめていた。

「手持ちの媒体《ばいたい》から抜き出したりしてるからちょっと画像が粗いのも入ってるが、その辺はご愛敬《あいきょう》だな」

泰生が撮った水族館の写真、過去の潤の写真、潤が八束の服を着てプロのカメラマンに撮ってもらった写真までもがランダムに入れられている。

本当にいろんなところからかき集めてきたようだ。

媒体に入れられている写真が一周するのはなかなか時間がかかった。が、アイラは見足りなかったようでもう一度操作して見直している。

「これはずるいな」

アイラと一緒に見ていたジョセフが呟いた。ユアンも頷いている。

「勝ちは決まったも同然じゃないですか。こんな隠し球を用意しているんだから。タイセイって本当に人が悪いですね」

「人生の厳しさが知れてよかったじゃねぇか。礼を言って欲しいくらいだ」

「誰が言うかっ」

こんなところでも始まった言い争いに、さすがに潤は腰を浮かせかけた。誰かに止めてもらおうとテーブルを見回すが、父からは私に聞くなというように顔を背けられ、ジョセフにいたっては処置なしとばかりに首を振られてしまう。

「ユアン。それから、タイセイも。話を聞いてくれるかしら」

そんな中、アイラがストップの声を上げてくれた。

「皆――私のためにいろんなプレゼントを選んでくれて本当にありがとう。どれもすてきなものばかりでどれも嬉しくて、一番を選ぶなんてとても出来ないと思ったんだけど、ゲームだから仕方ないわよね。それに、これをもらってしまうとどうしようもないと思ったわ。ジョセフ、ジュン、ユアン、そしてタダシ。最初に謝っておくわ。あなたたちのプレゼントを選べなくてごめんなさい」

アイラが触れたのは、泰生が贈ったフォトフレームだ。

「このゲームの一番は、タイセイよ」

アイラの言葉に、泰生が当然と自慢げに笑った。

「それと、私からも——いえ、私たちから潤へプレゼントがあるの」

アイラと寄り添ったジョセフから、手の平ほどの小箱を渡される。中に入っていたのはふたつのシルバーの鍵だ。

「ロンドンのタウンハウスの鍵だ。これが門扉の鍵で、こちらが家の鍵。ロンドンに来たときはいつでも使うといい。君はもう私たちの家族なんだから」

ジョセフに言われて、潤はふたつの鍵を大事に胸に抱える。

「ありがとうございます」

胸がいっぱいになって声が震えた。

今日は本当に嬉しいことばかりだ。

「それから、もうひとつ私から皆に発表することがあるの」

アイラが静かな声を上げた。ジョセフも何かわからないようで、不思議そうにアイラを見る。

「実は、私が体調を崩していた原因はどうやら悪阻《つわり》だったみたい」

「へ……」

恥ずかしげに目元を赤くするアイラだが、潤は彼女が口にした言葉の意味が一瞬わからなかった。あまりに突拍子のない言葉だったからだ。

「アイラっ、それは本当か――」

「ええ。今日もしかしてと思って病院へ行ってみたの。今、妊娠三ヶ月。予定日は来年の三月上旬ですって」

ユアンと一緒に病院へ行ってきたようだ。だから、ユアンはアイラの妊娠を知っていたらしく悪戯っぽい笑顔を見せた。が、今日一日潤と出かけていたジョセフは言葉も出ないほどびっくりしている。

「本当にごめんなさい。まさかこの年になって妊娠するとは思ってなくて。潤やユアンを妊娠していたときは本当に悪阻がひどかったのに、今回は日本へ到着するまでほとんど自覚症状がなくて気付かなかったの。でも、体調が悪くても薬を飲む気になれなかったのは勘が働いたからかしら。ジュン？　大丈夫？　ぼんやりした顔をして」

どこかきまり悪そうに話していたアイラだったが、潤を見てさらに眉を寄せる。が、そんなアイラを気にする余裕は潤にはなかった。

「あまりにびっくりして……」

そうか。妊娠――赤ちゃんが産まれるのか。来年の三月？

「おめでとう、レディ・パートリッジ」

「そうだな、おめでとう。アイラ」

父と泰生が相次いで祝福すると、ようやくアイラも少し嬉しそうに目を細める。ジョセフも正気に戻ったようで、感激一杯の顔でアイラの手を何度も握りしめていた。

それを見て潤も口を開いた。

「おめでとうございます、アイラ」

「おい、潤。おまえは身内なんだし、この場合『おめでとう』は違うだろ」

潤が祝福を述べると、すぐに泰生から突っ込みが入る。

じゃあ、こういう時は何と言えばいいのか。

目を瞬く潤に、泰生は困ったヤツだなと笑った。

「嬉しい、でいいんじゃねぇ？」

嬉しい――確かに嬉しい。

自分と血の繋がった弟か妹が産まれるのだ。家族がまたひとり増える。

そう考えると、じわじわと胸に迫ってくるものがあった。体が熱くなって、知らないうちに頬が緩む。

「うん。アイラ、嬉しいです。すごく嬉しい」

「ありがとう、ジュン」

アイラが感極まったように涙ぐんだ。

「昔、あなたを生んですぐに捨ててしまったような母親だから、実はユアンのときも、そして今回も、また赤ちゃんを産むことには少し抵抗があったの。でもあなたにそんな風に喜んでもらえてとても嬉しいわ。本当にありがとう」

気持ちが軽くなったのか、涙を拭ったときにはずいぶん明るい顔になっていた。

「赤ちゃんが産まれてきたら、ユアンと一緒に可愛がってあげてね」

「もちろんです」

潤が力強く答えると、アイラは幸せそうに微笑んだ。

「それから、今回の旅行では心配させてしまってごめんなさい。もっと早くに病院へ行けばよかったと思うわ。ジュンもタイセイも、ユアンが気落ちしないようにずいぶん気を配ってくれたんでしょう？　ユアンったら、今日はどこへ行った何をしたってこの二日楽しそうに話してくれたの。ジュンも、それからタイセイも、いいお兄ちゃんになってくれてありがとう」

おっとりしたアイラに、さすがの泰生も『いいお兄ちゃん』扱いされても何も言えないようだ。もしかして、アイラは最強かもしれない。

ふて腐れたようにそっぽを向く泰生に、潤はそっと笑った。

「それで、アイラ。体調は大丈夫なのか？　妊娠しているのに飛行機になんか乗ってしまって。

だから具合が悪くなったんだろう？　なのに、これからまたイギリスへ飛行機で帰らなければならないんだ。どうすればいいのか」

話にひと段落ついたあとは、ジョセフがおろおろとアイラを心配しだした。そんなジョセフに、アイラは苦笑して大丈夫だと落ち着かせている。

「具合が悪くなったのは、早く気付いてって赤ちゃんがサインを送ってきたんだと思うの。日本にいるうちに自分の存在をアピールして、ジュンにもちゃんと挨拶をしておきたかったんじゃないかしら。だから、帰りの飛行機は大丈夫な気がするのよね。お医者さまの話では状態も安定してるということだし、間もなく安定期にも入るし。でもジョセフが心配するなら、もう一度お医者さまと相談してみるわね」

お腹に手を当てるアイラは、急に強くなった感じがした。これまでどこかはかなげな印象があったのに、ジョセフを説得する口ぶりは何だか逞しい。

お母さん、だよなぁ。

潤は思わぬ母の姿を目に出来て、ちょっと嬉しかった。

では、そうか。アイラが具合が悪くなったのは妊娠の悪阻によるもので、トラウマがある日本に来たせいとかメンタルが影響したとかではなかったのか。

潤の考えすぎで、取り越し苦労だったのを知り、何だか猛烈に恥ずかしくなった。しかもそんな失態をわざわざ相談したせいで、泰生にもすべてを知られている。

そう思うと、今すぐにでも大声で叫んで走り出したい気分になった。う〜、耐えられないっ。

「潤、どうした？」

「い…いいえっ。えっと、日本酒が美味しいですっ！」

泰生から不審げに見つめられ、潤は走り出すわけにもいかないので目の前のグラスをぐいっと呷《あお》る。ワインにも似た喉越しのいい日本酒で、これまでもするするとグラスを重ねてはいたが、一気飲みするものではなかった。とたんに喉がかっと熱くなって、潤は目を白黒させる。

「大丈夫か、潤？」

「はい、大丈夫です」

しかしおかげで、グラスをテーブルに置く頃にはほんの少し恥ずかしさも和らいでいた。代わりに楽しい気分が込み上げてくる。

泰生と父がいて、アイラとジョセフとユアンがいる。しかも、アイラのお腹の中には潤の妹か弟が存在するのだ。

「楽しくないわけがないですよね〜」

えへへと潤が笑うと、泰生はぎょっとした顔を見せたあとで舌打ちする。

「まずい、いつの間にか酔っ払ってやがった」

「じゅ…潤……大丈夫か？」

泰生の言葉を聞いてか、どこか恐れるように父もこちらを窺ってきた。父が自分を見てくれているのが嬉しくて、潤はにっこりする。

「大丈夫です。父さんと一緒にお酒が飲めるのが、嬉しいなぁって思います。もしよかったら今度、日本酒が美味しいお店に連れて行ってくれませんか？　父さんはいつもすごいところへ連れて行ってくれるから、とても楽しみにしているんです」

「もっ、もちろんだともっ。そうか、潤は日本酒が好きかっ。そうか！」

「だから、オトーサマ。潤は酔っ払ってるんだって。惑わされんなよ」

「私の息子は誰かを惑わせたりしない。何を言っている、失礼な。潤は本気で私と一緒に酒を飲みたいと言ってるんだ。きさまこそ、嫉妬も甚《はなは》だしいぞ。そうだな、潤？」

「あー、ダメだ。もしかして、オトーサマも酔ってるか？」

父と笑顔を交わしていると、隣で泰生が大きなため息をついた。それに、向かいに座るパートリッジ家の人々も気付いたようだ。

「ジュンは……あら、タダシまでにこにこしてどうかしたの？」

「えらくご機嫌だね、ジュン。何か楽しいことでもあった？」

アイラとユアンが興味深そうに身を乗り出してくる。

「酔ってんだよ。今の潤を正気と思うなよ。ッチ。この日本酒、アルコールが十七パーもあるじゃねぇか」

「それって強いんですか？」

「ビールがだいたい五パーセント。ワインでも十四パー前後だろって、おいっ」

やけに頭が重い。首を傾げると、そのまま泰生の方へ倒れていきそうになる。が、すんでの所で後ろから支えられた。見ると、むっとした顔の父がいる。

「父さん。ありがとうございます。ちょっとふらっとして」

「構わん。それなら、とっ…父さんに倚りかかりなさい」

勢いよく肩を叩く父が頼もしくて、潤は本格的に倚りかかろうと体勢を変えた。

「えへへ。ありがとうございます。よいしょっと」

「ちょっと待てよ、こらっ！」

そんな潤になぜか泰生が大声を出す。

「何だか、酔ったジュンって最強だね。でも可愛いなぁ」

ユアンがうっとり見つめてくる視線に、潤は小さく手を振った。ユアンと一緒にアイラも手を振り返してくれる。

「ふふ。案外ジュンも強いのね。これだったら、心配なさそうだわ」

「私には空恐ろしい気がするんだがね。あのタイセイが振り回されているんだから」

「まぁ、ジョセフったら。潤はあんなに可愛いんですもの。男のひとりやふたり振り回せなくてどうするの」

「母さんは飲んでないはずだよね⁉　酔っ払ってないよね⁉」

ユアンがえらく心配げな様子で話しかけている。

皆が好き勝手に話すのを聞いていると、楽しい気分はさらに上がっていく。潤を挟んで泰生と父が何か言い合っているが、ふたりはユアンと泰生同様ケンカするほど仲がいいのだ。嬉しくなった潤は両隣ふたりの腕をそれぞれ取って、ぎゅっと手を握る。

「おれも仲良しの仲間に入れてください」

潤が言うと、泰生と父が揃って深いため息をついた。

「――潤。やっぱおまえ、おれ以外のヤツと酒飲むの禁止な」

「そうだな。だが、父さんと一緒のときはいい」

声を合わせるようなふたりに、ほらやっぱり仲がいいと、潤はまた笑い声を上げた。


マンションの扉を開け、宇宙船の内部のようなメタリックな空間に入ると、家に帰ってきたなとやけにほっとする。

「潤、着いたぜ」

「はい、ただいまです」

泰生が教えてくれなくても、うちに着いたことくらいわかっているのにと不思議に思いながら、潤はただいまを口にした。

今夜のアイラのバースデーディナーでは思わぬサプライズが幾つもあった。アイラのためにプレゼントを各自用意したが、ジョセフ曰く泰生が美味しいところを全部持っていったり、アイラとジョセフが家族なのだからとロンドンのタウンハウスの鍵をプレゼントしてくれたり。

そして何より、アイラから妊娠していることを告げられたことが一番の驚きだ。

自分に弟か妹が出来ることがとても嬉しくて、皆と一緒に食事をするのが楽しくて、そんな皆と飲む日本酒がすごく美味しくて、途中から潤は上機嫌になったのだが、そんな潤を見て泰生が少し呆れた顔を見せるのが納得いかない。

「もう寝るか？　それともシャワーして寝るか？」

しかも、まるで潤が小さな子供か何かのようにあれこれ世話を焼いてくる泰生のことも不思議だった。食事をとった店からここまで、潤は普通に歩けてタクシーにも乗れたのに手を引っぱって誘導してくれたし、今も足下に屈んで靴まで脱がせてくれている。

「泰生。おれ、子供じゃないんですよ？」

「……いったい何をもってそんな発言が出てくんだよ」

立ち上がった泰生が困ったように頭を振った。泰生の際立つ美貌に長めの前髪がさらりと絹糸のようにかかると、白々としたライトが不思議な陰翳をつけてもの憂げな雰囲気を醸し出す。

潤はそんな泰生をうっとり見上げてしまった。

「泰生、かっこいい……」

「支離滅裂、潤は酔っ払うとマジ厄介だ。見た目は普通だし足取りもしっかりしてるくせに、なんだよその笑顔の大盤振るまいは。しかも愛想よすぎの甘えたになるし」

「泰生、怒ってます？」

どこか語調が強い泰生に、潤は楽しかった気分が一瞬で萎《しぼ》んでいくようだ。しゅんと眉を下げると、泰生は額に手を当てて宙を仰いだ。

「怒ってねぇよ。可愛いから困ってんじゃねぇか。これを外でやられたら、おまえぜってぇ誰かにお持ち帰りされんだろ。八束なんてその筆頭だ」

「……可愛い？　困るほど可愛いんですか？」

気になった単語を聞きとがめ、潤はこてんと首を傾げる。

可愛いという言葉はいつもだったら少し納得いかないはずなのに、今日はとても嬉しい言葉に聞こえて不思議だ。もっと言って欲しくて、今の言葉をもう一度聞きたくて、潤は期待して泰生を見上げる。

「あぁ、可愛いな。すげぇ可愛い」

泰生が潤の頰を包むように手を当てた。少し持ち上げるように動かされると、ちょっとキスの角度みたいだ。

「嬉しい」

素直に気持ちを口にすると、泰生は唇を歪めるように笑った。そのまま、体を屈めてくる。近付いてくる唇に目を閉じると、その瞬間パチンと額にデコピンされる。

「痛いっ」

「危ねぇっ。おれが惑わされるところだった。おら、シャワー浴びれんならシャワー浴びてこい。寝るならさっさとベッドに入れ」

「何でキスしてくれないんですか！」

今のはキスのタイミングだったはず。なのに、なぜデコピンされて怒られるのか。

「今のおまえに手ぇ出したら負けだろ。何か納得いかねぇ」

泰生がもっともらしく言う言葉に、潤ははてと考える。

「キスに勝ち負けってあるんですか？」

「キスにはねぇよ、そこをしち面倒くさく考えんな。プライドの問題だ。おれはべろべろの酔っ払いには手は出さないんだよ」

「おれ、べろべろに酔っ払ってないです――ぎゃーっ、痛い痛いっ」

真面目な顔で泰生を見上げると、こぶしで頭をぐりぐりされた。

「酔っ払いは皆そう言うんだよっ。だいたい、あの潤がなぜキスしないのかって迫ってくること自体おかしいだろっ」

「あの潤って、他にも潤がいるんですか？」

悲しげに眉を下げると、今度は手の平でぐりぐりと頭を撫でられる。やけに力が入っているのは怒っているからか。それとも何か激情をやりすごすためか。

「さっきから自分の都合いいとこばっか聞き取るな、マジ可愛いから。言いたいのはそこじゃねぇ。もっと話全体を受け止めろ。もう何だよ、全然話が進まねぇっ」

そう言われるが、何だろう。難しいことが考えられない。

もしかしてこういうのが酔っ払いというのかな？

潤はようやく自分の状態がちょっとおかしいことに気付いた。けれど、それも大したことではない気がする。それより潤はもっと重大な問題と向き合いたかった。

「泰生、キスがしたいです……」

くいくいと泰生のリネンジャケットの袖を引っぱりながら訴えると、舌打ちされる。

「だってただいまのキス、まだしてないですよ？」

「あー……おれの理性って案外すげぇ」

「ただいまのキスに、恋人のキスもまだです」

「増えてんぞ、こらっ」

叱られて、潤はえへへと笑った。

コツンと頭にこぶしを当てられたが、今度は全然痛くなかった。その手がこめかみから耳の後ろへ滑り落ち、潤の顔を持ち上げる。

「ただいま。でもって、おかえりだ。酔っ払い潤」

「はい、お帰りなさい。それと、ただいまです。あと、あと…大好き――」

もっと泰生に何か言いたかったのに、ようやく念願のキスをされて潤は逆らわずに唇を受け止めた。唇が触れ、唇を押しつけられ、唇に熱が移される。

「……ん、は…ふ」

ただいまのキスと恋人のキスと、あと何か別のキスが交じっているような長いキスになった。唇が離れても潤がまたくっついていったせいかもしれない。泰生が怒ったように唇を貪ってきたせいもきっとある。

気持ちよくなって、つい足をもじもじさせた。自身の変化を知って欲しくて、泰生に抱きつく。泰生も昂らせていたことを知ると、嬉しくて顔が熱くなった。

もっとキスが欲しい。唇だけじゃなくて体のあちこちにも。

「っ……ふ、ん」

「ん。あーまずい。理性がグラグラする。おれも飲みすぎたか」

「泰生、キス」

「もう知らねぇぞ。エロ潤がっ」

「ゃうっ」

泰生が潤の唇に噛みつくようにキスをしてくる。

その勢いに、とんと背中がメタリックの壁にぶつかった。そのまま、潤を壁に押しつけるように泰生はキスの雨を降らせてくる。

跡がついたと思うほど強く嚙まれたあと、優しく舐められた。なめらかな舌が唇を撫ぜるように蠢《うごめ》く。甘く唇を吸われて、ようやく深いキスになった。

「ん…んっ——…」

泰生の熱い舌が歯列を探り、舌先でくすぐってくる。潤の舌の上を奥まで行き来して、すぐに獣のように絡みついてきた。

「ぅ……ふ…ぅんっ」

キスをしながら、泰生の大きな手が潤の腰へと落ちていく。シルク製のチャイナズボンは案外薄くて、手の温度をストレートに伝えてくる。臀部《でんぶ》を熱い手で揉み上げられ、腰の奥から甘い疼きが突き上げてきた。泰生がそこを揉み上げるせいで、すっかり勃ち上がっていた潤の欲望は恋人の体に押しつける形になってしまう。

「ん、ん……っ」

それがたまらなく気持ちいい。

潤自身が泰生に腰を擦《こす》りつけるようないやらしい動きを始めてしまったくらいだ。連動するように、臀部を揉む泰生の手がさらに執拗になった。

その間、キスはもっと深いものへと移行している。ぬるぬると舌を絡ませ合うと、喉の奥がジンと痺れた。絡ませたまま引っぱられて、たまらず喉を鳴らす。

甘い疼きはどんどん下腹に溜まっていき、潤を苛み始めた。

「んーんっ、ぁ……ふぅっ」

潤の息さえ奪ってしまうような激しいキスと官能を昂らせる臀部への愛撫に、足が力を失いそうになる。潤は必死で泰生の腕にすがるが、ときにがくりと大きくくずおれそうになった。それを支えるためだろうか。泰生が潤の股の間に腿《もも》を差し込んでくる。が、そのまま腿を股間に押しつけてきたため、潤は焦った。

「ぁうっ、ダメ、ダっ…ぇっ」

欲望を直に刺激されて、潤はたまらずキスを振り解いた。

「っは……えらく敏感になっちゃって、この先どーするよ？」

そんな潤に泰生はにやりと笑って、自身も熱塊を押しつけてくる。泰生の欲望の硬さに、潤は甘い予兆を覚えて声がもれた。

「そんなっ……ぁ、あぁぁっ」

「っ……すげぇ声、鳥肌立っちまう」

快楽の塊と成り果てた股間の熱を刺激する泰生の腿を避けるように、潤はつま先立ちになる。が、泰生はさらに深く潤の股の間に足を差し入れてくるのだ。筋肉がついた硬い腿で欲望を揉み上げられて背筋が甘く震えた。

気持ちがよくて、意識が飛んでしまいそうだった。快感に浮かされて、自分がきちんと立っているのかさえわからなくなる。

「ひ…ぅっ、泰生、泰…せっ……ぇ」

「何だよ」

助けを求めて見上げると、凄絶な色気を纏《まと》った黒瞳とぶつかった。欲情していることを隠しもせずに、食い入るように潤を見下ろしている。

「ん、きっ…気持ちよすぎて、怖…いっ」

「煽るの上手すぎっ」

「んんぅっ」

泰生が潤の唇に噛みついた。いや、キスをされたのだけれど、激情をぶつけるようなキスは甘い痛みさえ感じた。

臀部をいじる熱い手は、腿の際の危うい部分まで擦っていく。泰生の腿と腹の間でもみくちゃにされている潤の欲望は、解放のときを今か今かと待っていた。したたり落ちる欲望の雫《しずく》で下着の中はもうびしょびしょだ。

「ん、ん、ん――――っ…」

泰生がでたらめに臀部を揺すり上げた瞬間、潤は吐精していた。

「ん……っは、はぁ……っ」

激しいキスから解放され、潤は荒い息を継ぐ。足からはすっかり力が抜け落ちて、泰生を巻き込むようにズルズルと一緒にしゃがみ込んでしまった。

「あー、やっちまった」

潤が床に倒れないように腕を摑んでくれている泰生がため息をつく。が、すぐに顔を上げて、陶酔の余韻にぼんやりしている潤を覗き込んできた。

「前に間違ってコニャックボンボンを食った潤を据え膳で美味しくいただいちまって、おれなりに反省したんだが——これはもう仕方ねぇよな。酔った潤は最強だし、どうやら普段以上にエロエロになっちまうようだし？」

「……うん」

恥ずかしげに頷くと、泰生が「これだよ」と苦笑する。

素直に返事をしてはいけなかったらしい。

「泰生——」

何やらぶつぶつ言っている泰生へ呼びかけ、へにょと眉を下げながら潤はズボンのウエスト部分を両手で前へと引っぱって訴える。

「——ズボンが気持ち悪いです」

「おまっ……」

泰生が鼻を押さえて絶句した。

「まずはおまえの酒を抜くのが先決みたいだ。こんな調子でひと晩中やられたら、マジおれの理性が持たねぇっ。今のはヤバかった。ほんと鼻血が出るかと思ったぜ」

「泰生？」

泰生は潤の脇の下に腕を差し入れると、半分抱えるようにバスルームへ連れて行く。潤としては、濡れた下着の不快感がどうにかなりそうでほっとした。

脱ぎ着が簡単なチャイナ服はあっという間にはぎ取られて、潤の体はぽいっとバスルームへ投げ込まれる。もちろん泰生と一緒だ。

シャワーを扱っている泰生の背中がかっこよくて、潤は思うままに抱きついた。

「わっ、シャワーが熱いですっ」

「熱くていいんだ、酒を抜くためだし。ほら、前に回ってこい。頭洗ってやる」

促され、潤は泰生の前に立つ。上からシャワーをかけられて、目を瞑った。

「まったく、酔っ払い潤はタチ悪ぃよな。いつもの引っ込み思案が嘘のように可愛くなりやがって。しかもおれだけにじゃなく、さっきはオトーサマにもユアンにも甘えて懐き倒してたよな。オトーサマなんか次は邪魔が入らないふたりきりで飲むぞなんて耳打ちしてただろ？　恋人の前で何言ってやがんだって」

怒ったような口調とは裏腹に、髪を洗ってくれる手つきはとても優しい。

シャワーを止められたお陰で目を開けると、きれいに筋肉のついた泰生の裸が目の前にあって、また抱きつきたくなってうずうずした。

「果てはジョセフにまでロンドンに来たらジェントルマンズ・クラブへ連れて行ってやるなんて約束されてたよな。イギリス貴族が出入りするようなプライベートクラブってどんなだよ。おれでさえ行ったことねぇって。ほら、シャワーかけんぞ」

言われて、潤は目を瞑った。今度は温度調節されたシャワーがかけられて、少し熱い程度の湯の加減が心地いい。

「よし、終わり。目ぇ開けていいぞ」

水気を取るように髪をかき上げられるのがくすぐったくて首を竦めた。目を開けると、泰生が困ったような呆れたような顔で見下ろしていた。

「ほら後ろ向け、今度は体を洗ってやる」

肩を摑まれてくるりと体を回転させられる。泰生に背中を向けた格好になり、少し寂しくなった。が、すぐに泡立てたボディソープを乗せた手を背中に当てられてほっとする。泰生の大きな手が、潤の背中を洗っていく。

以前は体を洗うのにボディスポンジなどを使ったこともあるが、最近ではもっぱら手を使っていた。それほど敏感肌ではないのだがたまに肌が赤くなることもある潤に、大学の女友だちが教えてくれたのだ。

が、自分で洗う分にはいいのだが、泰生に任せると少し困ったことが起こる。

「ん、んっ」

大きな手が肌の上を動くと、何だか変な気分になってしまうのだ。先ほど解放したはずの快感がまた戻ってくる感じがする。

「甘い声を出すな。おまえはさっき一度いったが、おれはまだなんだからな」

そう恨めしげに言われて、潤は不思議に思って背後を振り返った。

「あの…じゃ、おれがお手伝いしますけど」

「……わかった。我慢する方がバカを見るようだ。潤、煽りに煽った責任は、その体できっちり取ってもらうからな」

「え…ひゃあっ」

泡でぬめった手は、臀部を滑り降りて腿の際へと差し込まれた。危うい部分を泡でぬるぬるにされ、背中に鳥肌が立つ。

「んっ、ぁ、あぅっ」

泰生の指はさっそく秘所に触れてくる。

先ほどの愛撫で緩みかけていたそこを、泰生の指は泡の力を借りて難なく攻略していく。指を揃えて幾度か出し入れされると、すぐに腰が痺れてきた。膝が震え始め、潤は目の前の壁に縋りつく。

「ぁ、あ、ふ……」

二本の指で中を開くような動きを加えられると、甘い衝撃で腿がひとりでに痙攣する。押し広げられている場所はいつものみ込む泰生の怒張を覚えているのか、もの足りなさに刺激を求めて自ら蠢き始めるのを感じた。泰生の動きに連動して、肉壁が疼いてくる。

「っは、すげぇヒクヒクしてる。もう入れるぞ」

官能がにじんだ声で囁かれ、性急に指を引き抜かれた。代わりに入れられたのは、比べものにならない太い楔だった。

「ぁ、あぁぁっ」

ずんっと一気に奥まで貫かれる。

泰生の欲望はすでに熱く滾《たぎ》っていて、突き入れられた衝撃が和らぐのを待つ間もなく容赦なく引き抜かれた。

「っは……ん、んっ」

律動もマックスのものではないだろうか。

押し入れては引き抜かれ、入れたまま激しくグラインドされた。潤の腰を摑んで最奥までねじ込むと、勢いよく揺すぶられる。

柔らかい粘膜を擦られる快感に、潤は何度も背中をくねらせた。体の奥が勝手に泰生の熱を咥え込んでいくようだ。

貪欲すぎる自らに、潤は恥ずかしがりながらも興奮した。

「んっ……あぅんっ」

埋め込まれる欲望はさらに質量を増し、張った先端は潤の弱いところを確実に抉っていく。熱い凶器で壊されていくような感覚は圧倒的な愉悦をもたらした。

「あー……すっげ、締まるっ」

泰生が潤の腰を強く摑んだ。

「っひ……やあああぁっ」

深く押し入ってくる熱塊に焼かれるかと思った。意識さえ灼かれてしまいそうで、わななく唇がわけもなく悲鳴を上げていた。

「やっ、た……ぃせ、泰…生っ」

「っは、そうだな。よすぎて、おれもちょっと限界だ」

「ぁ、あっ…はっ――――っ…」

最奥をガツガツと体ごと突き上げられ、激しい律動に今度こそ脳天まで灼かれていく気がした。張った先端が柔らかい肉壁に突き刺さったとき、視界が真っ白に霞んだ。

「っく……ぅ」

バスルームの壁に潤が精を吐いてすぐ、背後で泰生が呻く声を聞く。

「っと、倒れんなよ」

泰生の怒張が引き抜かれると、二度も吐精した潤はすぐにもその場にへたり込みたかったが、

泰生は許してくれなかった。

「今度はベッドでネチネチだ。酔っ払いだろうがもう容赦はしねぇから」

熱いシャワーで体を流したあと、さっと抱き上げて脱衣所へ連れて行く泰生の言葉に、潤は甘い戦慄を覚えた。


けれど、本当に潤が震え上がったのはその翌日以降。

昨夜の激しい情交のせいでベッドから起き上がれないままに迎えた朝、泰生から伝え聞いた酔態《すいたい》と痴態に潤は激しいショックを受けてしまった。

楽しい気分は残っているものの、昨夜のバースデーディナーの途中から記憶がさっぱり消えている事実に、泰生の話は本当のことらしいと潤も認めざるをえない。

しかも父やアイラたちから、昨夜酔っ払っていた潤を心配してかかってきた電話に、潤のメンタルは悲鳴を上げそうだった。

「あら、普段のジュンも折目正しくて不器用で可愛いんだけど、酔っ払ったジュンは甘えん坊さんになってさらに愛らしくなるんですもの。ジョセフなんて、ジュンから『父さま』なんて言われたせいか、今日は朝からご機嫌なのよ」

アイラの言葉は潤に致命傷を与える。

酒は飲んでものまれるな――よく言われるわけだと潤は身をもって知った。

Fin.

三人のパパ

ホテルのロビーに降りてきたジョセフたちを見て、潤《じゅん》は勢いよく立ち上がる。

「先日は、本当にすみませんでしたっ」

謝罪を口にして、深く頭を下げた。

おととい、アイラのバースデーディナーの際に、潤はとんでもない失敗をしたらしい。「らしい」と推測で言うのは、潤自身はろくに覚えていないためだ。それがまた恐ろしい。

泰生《たいせい》や父、そしてパートリッジ家の皆で集まったディナーはとても楽しくて料理もとても美味しかったが、これまで口にしたことがなかった日本酒を飲んだところから何だかおかしくなった。いや、日本酒自体はとても美味しかったのだ。芳醇《ほうじゅん》で、しかし喉越しがよくて、あの日本酒をまた呈されたら喜んで飲みたいくらいだ。

しかし、アルコールが回り出してからの記憶がさっぱりない。終始楽しくて幸せな感覚だけは残っているが、自分の言動をまったく覚えていなかった。

だから、翌朝起きてから泰生に聞かされた話には愕然《がくぜん》とした。

『おれがジョセフに向かって父さまなんて言ったんですか……？』

『言ったぜぇ？　ジョセフにねだられて照れながらだけどな。それにむっとしたのがオトーサマだ。無理やり言わせるのはどうかと思うとか自分は父の日に花をプレゼントされたとか父親の権利をえらく主張してたな。ま、オトーサマも完全に酔っ払ってたけど』

けらけら笑う泰生に、顔が青ざめたのは言うまでもない。

泰生の話は多少誇張されてはいたようだが、半分が嘘だったとしても普段の自分では考えられない言動である。しかも翌日——昨日のことだが——かかってきたパートリッジ家からの電話でも、泰生の言葉を裏づけるような話を聞かされて絶句。潤は危うく再起不能になりかけた。

何でも、可愛かったとか可愛かったとか可愛かったとか——。

いや、そんなことを言われてもおれは少しも嬉しくないんだけど……。

その時、スマートフォンを耳に当てながら潤は遠い目になってしまった。

ユアンたちは潤を気遣ったのか、最後に必ず『可愛かった』の言葉をつけて話のオチとしたが、潤がジョセフのリクエストに応えて『父さま』と口にしたのは本当の話のようだ。

以前泰生に可愛いは正義だなんて口にされたが、そのずっと前に大学の友人から可愛いは世界の共通語だとも言われたけれど、酔っ払った姿を可愛いなんて評されても、潤が恐怖しか覚えないのは当然ではなかろうか。

唯一の例外は、このホテルまで車で一緒に来た父の正《ただし》だ。ディナーの話を聞こうとしたら、しかしなぜか「私は何も覚えていない」と気まずげに目を逸らされてしまって、何も聞けずじまい。潤は逆に不安を煽られる結果となってしまった。落ち込んだ潤を見てその後慌てて「潤は大丈夫だ」とフォローされたが、信じることが出来なかったのは言うまでもない。

救いは、また酒を飲みにいこうと皆から——ユアンを除くが——誘われたことだ。いろいろとやらかした潤だが、相手にとって嫌な思いはさせなかったらしいことにはホッとした。

パートリッジ家の皆には電話でも謝ったが、それでも直接もう一度謝罪するのがマナーだろう。そう思って潤が頭を下げると、ユアンから不思議そうな顔で見られた。

「どうして謝るの？　むしろ楽しいディナーだったたって、ぼくがお礼を言いたいくらいなのに」

「そうよ。あんなに楽しくて幸せな食事は本当に久しぶり。それもこれもジュンがご機嫌でにこにこしてくれていたからだわ。今、私が飲めないのがとても残念だけれど、今度一緒にまた飲みましょう」

アイラも笑ってそう言い、まだ目立たないお腹に手を当てる。そんなアイラと寄り添うようなジョセフも、めずらしく柔らかい表情で潤を見た。

「そうだな、あんな酔い方だと悪くはない。普段からジュンはあのくらい素直になった方がいいと感じたくらいだ。楽しいディナーだった。また一緒に飲みに行こう」

ジョセフの反応に一番ドキドキしていたから、そのジョセフからそんな風に言われて、潤はようやくホッと出来た。

「だから言っただろう。大丈夫だと」

ソファーの隣に座っていた正にも改めて言われて、潤は苦笑して頷く。

そうこうするうちに予約していたタクシーの配車時間となったため、皆で歩き出した。

「今日は、潤の大学を見学しに行くそうだな。潤のことだから心配いらないと思うが、アイラの体調には気を付けてやってくれ」

「はい。ジョセフも今日は楽しんできてください」

潤の言葉にジョセフが何か言いたそうに唇を動かしかけたが、いやと首を振って口を噤む。

今日、潤は体調のよくなったアイラとユアンを自分が通う大学へ案内することになった。アイラの希望としては、これまで潤が通った小学校や中学校、高校などもすべて見学したかったようだが、敷地内に入れるのは大学だけだったのだ。

その間ジョセフはというと、何と泰生の父の榎幸謙《えのきこうけん》とテニスをして食事を取ることになっている。もちろん、潤の父も一緒だ。

幸謙には潤も日頃から本当によくしてもらっているが、何かの際に泰生から潤の家庭の事情を聞かされたらしい。ジョセフと初めて会った際のトラブルまで知られてしまったようで、どうもいろいろと心配させたみたいだ。

ただそれ以外にも、ジョセフがイギリスの老舗ツイードメーカーを営むというビジネス面での理由もあるらしい。夏に入る前ぐらいからジョセフが積極的に幸謙が営む大手アパレルメーカーへアプローチしていることはアイラからの手紙で潤も少し知っていたが、どうやらそれが実を結んだようで、幸謙にとってもジョセフはぜひ知り合っておきたい相手へと変化したらしい。それを聞いて、潤が大いにホッとしたのは言うまでもない。以前、ジョセフから幸謙を紹介して欲しいと言われたことがあったからだが、自分なんかが紹介しなくても、ジョセフが実力で前へ進んでいくのが潤は嬉しかった。

しかしそんな幸謙の事情も泰生に言わせれば――仕事のことはさておき――正とジョセフがゴールデンウィークにイギリスでテニスを楽しんだことを聞いた幸謙が、単に自分も皆と一緒にテニスがしたくなったからじゃないかと笑う。泰生にかかると幸謙も形なしだ。

幸謙の申し出にジョセフもとても喜んで、今回の会合が相成ったのだ。

皆で車寄せがある階まで降りて別れ際、潤はそっと正へと歩み寄る。

「父さん。今日のテニス、おれは行けませんが応援しています。勝ってきてくださいね」

他の人たちには聞かれないように潤は日本語で耳打ちした。

何でもおとといのディナーの際、潤がジョセフを父扱いしたことは正にとてもショックを与えたらしい。今もひそかに引きずっているはずだから、正だけは特別という態度を見せておけと泰生からアドバイスを受けていた。

泰生の言葉は半信半疑だったが、潤にとって父と一番に慕う相手はやはり正に間違いはない。だから、潤がこぶしを握ってエールを送ると、

「頑張ってみよう――」

正はひどく嬉しげな表情を渋面で取り繕っていた。

＊　　＊　　＊

「よしっ!」

コートの向こうで小さくガッツポーズを作った橋本正《はしもと》に、ジョセフ・パートリッジは持ち前の負けん気がむくむくとわき上がった。

五月にゲームをしたときと違ってずいぶん練習を重ねたようだが、私は負けんぞ!

ボールを手にサーブを打つタイミングを計っている正を、ジョセフはきっと見すえる。

今度放たれたサーブも前回のゲームのときより鋭いコースに飛んできた。それを何とか返してラリーを続けて、今度はジョセフが力強いフォアハンドでポイントを取り返す。

「いいぞっ」

コートの外のベンチで見学していた榎幸謙から好プレーを讃美する声が上がる。それに手を挙げて応えて、ジョセフは借り受けたテニスウエアで汗を拭った。

正から今回の話を聞かされたのはつい昨日のことだ。急な申し出に戸惑ったものの、以前から懇意《こんい》になりたいと願っていた幸謙からの誘いを断れるはずはない。ただ今日、本来は潤と一緒に家族で日光《にっこう》へ出かけるはずだったためアイラに相談すると、だったら日光行きはキャンセルして潤のプライベートな場所へ案内してもらうことにすると約束を譲ってくれたのだ。

ホテルまで迎えに来てくれた正が連れて来たのは、幸謙が利用しているという会員制のテニスクラブだ。そこで初めて会った榎幸謙という男に、ジョセフは少なからず驚く。

まさか幸謙が泰生以上に魅力的な人格者だとは思いもしなかったのだ。

息子の泰生には潤を通して何度か会い、傲岸不遜《ごうがんふそん》ながらも不思議と人を惹きつける魅力があると大いに感心していたが、泰生の父である幸謙は輪をかけてすごい。

泰生のように人を拒絶しないためか、幸謙は会ってすぐに人好きする気配が伝わってきた。

息子の泰生と同じく日本人にしては身長も高くて恵まれた体格をしており、端整な容姿は年齢を経た渋みも加わって、まるでハリウッド俳優のようだ。ただジョセフとしては、外柔内剛で多少したたかな面は見受けられるが、それ以上に鷹揚《おうよう》で懐が深い幸謙の内面の方に大いに魅力を感じた。

ジョセフの仕事において幸謙は日本の大手アパレルメーカーの社長という重要人物ではあるけれど、それよりも人として親睦を深めたい相手だった。

「フォールト！」

サーブをミスした正がラケットを握り直すのを、ジョセフは左右に体を揺らしながら待つ。

コートの外では、幸謙がわくわくと身を乗り出すようにしてふたりのプレーを見ていた。

業界ではやり手で知られる幸謙があんな顔をするのだからな……。

幸謙とこうしてプライベートを楽しむ機会が持てたのも、おとといこれまでの自分の行為を正直に懺悔《ざんげ》して潤との仲をさらに深められたせいかもしれないと、ジョセフは新しく息子になった内向的な少年を感慨深く思い出す。

以前はアイラを苦しめる敵と反感さえ抱いていた潤を、まさか自分の息子と思えるときがくるとは考えもしなかった。だが、人柄に触れれば触れるほど愛するアイラの面影がちらつく少年を無視出来なくなったのだ。いや、アイラにない部分でさえ自分が愛おしいと感じてしまったとき、潤という存在を認めざるをえなかった。

その後で猛烈に後悔したのは、なぜこんな潤を長く放置してしまったのかということだ。潤のことは以前から調べさせていたため、彼が過酷な環境で慎ましく生きていることは知っていた。以前屋敷に勤めていたという使用人から聞き取った話では、外国人の母を持ったせいで異分子扱いされる潤は家の中では虐待とネグレクトのオンパレードだったという。だからか報告書に添えられる潤の写真も、ある時期まではどこか虚ろでぼんやりした表情ばかり。とても子供が見せる顔ではなかった。

その時期をジョセフは故意に放置してきたゆえに、後悔の度合は大きい。償えと言われるならどうにかしてでも償う気はあったが、潤自身はジョセフのひどい行いをあっさり許してしまうのだ。そう思ってくれただけで嬉しいと涙さえ見せた。

そんな潤の人柄に惹かれる。自分の周囲にはいない純粋な心の持ち主だ。

そう思うと、潤が息子であることが誇らしくさえ感じてくる。実に勝手なものだと思うが。

だが、潤の周囲にいる人たちもそんな身勝手な自分を不思議と受け入れてくれたのを感じた。その結果がこの幸謙との顔合わせだろう。幸謙と挨拶を交わしたときの口ぶりだと、どうも泰生が裏から手を回したような感じだった。泰生には、自分が幸謙と会いたいと思っていることは知られているから、あり得ない話ではない。

言ってみれば、自分は潤のファミリーとして認められたのかもしれない。ファミリーといっても血や戸籍という括りでの家族集団ではない。潤を中心として絆で繋がっている——恋人や家族や友人といった——もっと濃くて親密な集まりだ。

私が大ファンのマフィア映画のあのファミリーと同じだな……。

そう考えると納得もいく。大いに楽しくもあった。

ただ、ひとつだけ要望するとしたら「父さん」と普段からも呼んで欲しいということ。

先日、アイラのバースデーディナーの際に酔った潤がはにかみながら「父さま」と口にしたときは、その可愛らしさに胸が熱くなった。アイラにそっくりな少女のような顔立ちの潤だから、小柄ということもあってジョセフの目には本当の娘のように思えたのだ。

だから、今朝ホテルで「ジョセフ」と名前で呼ばれて、何となくもの足りなさを感じてしまった。「父さん」と呼んでくれと言おうとも思ったが、アイラがまだ「母さん」と呼ばれることに抵抗を抱いているようなのに自分が先走ってはいけないだろう。

難しい問題だとジョセフが鼻の上にシワを寄せたとき、シュッと音を立てて鋭いスマッシュが頬のぎりぎりをかすめていく。

「あっ」

我に返って、ジョセフは慌ててボールの行方を確認する。と、ボールは見事にコートのぎりぎりに突き刺さるのを見た。

「ゲームセット&マッチウォンバイ　タダシ・ハシモト――」

審判役のクラブスタッフが正の勝ちでゲーム終了をコールし、ジョセフは肩を落とす。

ゲーム中だというのに、私は何を考えていたのか……。

「ありがとう、お疲れさま。いい試合だった」

握手を交わす正が汗を拭って笑顔を作る。やり遂げた感いっぱいのその表情に、ジョセフは内心きりきりと歯軋りしながらも穏やかに笑ってみせた。

「おめでとう、今日はハシモト氏に勝ちを譲ろう。それにしても、ハシモト氏はずいぶん練習したのではないか？　以前のときと違って、サーブにもスマッシュにもキレがあった」

「そうだな、前回が腑甲斐なかったので多少といったところだ。いや、しかし勝ててよかった」

「ふむ。私との勝負はそれほど負けたくなかったかね？」

「というより、勝ってきてと潤に言われたからな。途中で負けが込んだときはハラハラした」

言ったあと、はっと口が滑ったというような顔をした正だが、すぐに開き直ってどうだとばかりにジョセフを見つめてきた。

「――ジュンがハシモト氏だけに勝ってきてと言ったと？」

むむっと思わず眉が寄る。正の手を握ったままだった自らの右手に知らず力がこもったが、そんなジョセフに対抗するように正の握力も強くなる。

「潤も、父には勝って欲しいと思ったのだろう」

「なるほど、父か。しかし、私も一応ジュンの父なのだがね――」

正とは前回の食事の際も同じように少し険悪な雰囲気になった。潤に『父さま』と呼ぶように求めたことに対してだ。潤の父親は私だと主張する正と、自分も多少酔っていたこともあって年甲斐もなく嫌みの応酬をしたジョセフだが、潤が『好きな人たちが仲違いをするのは悲しい』と眉を曇らせたことで不承不承手打ちとした。

「おや、そんな顔をして。ハシモト氏は酔っ払っていたからあまり覚えていないのかね？ジュンが私を『父さま』と呼んだことについては」

「まさか。ただ、無理やり呼ばせたことをカウントに入れるのはどうかと思うが？」

今日はあの時の再来だ。今度は負けんぞとジョセフは余裕な微笑みを作ってみせる。

ぎりぎりと固い握手を交わしていると、すぐ近くで楽しげな笑い声が上がった。

「これはこれは。潤くんを挟んで新たなゲームがすでに始まっているみたいだね？」

幸謙が次は自分の番だということでコートに入ってきていた。くるくるっと、なれた調子でラケットを回すさまは往年のテニスプレーヤーの貫禄さえある。

「では、そこに私も入れてもらおうかな。私も潤くんのパパには違いないのだからね。いやぁ、潤くんはすごいな。これだけの英傑三人の心をいとも容易く奪ってしまうのだから」

「榎さんは入ってこないでください。これ以上話を複雑にしてどうするんですか。それと潤を漁色家みたいに言うのもやめてください。しかも何ですか、自分のことを倣人扱いして」

「ふふ、ようやくこちらを気にしてくれたね。いやぁ、だって寂しかったんだよ。君は新しいパパ仲間に夢中で、古なじみの私のことなど眼中にないようだったしね」

「パパ仲間に古いも新しいもないでしょう⁉」

「おや、私も仲間に入れてくれる気になったみたいだね？」

これまでどこか虚勢を張っていたような堅苦しい正が、とたん殻が破れたみたいに表情を変える。幸謙に向かって顔をしかめる様子は、ずいぶん親しみやすい雰囲気だった。

ジョセフの前だからか英語で交わされているふたりの会話も何ともくだらない。

いや、先ほどの私とハシモト氏の会話も大して変わらないか。

ジョセフは思い返して、まるで気が置けない仲間とわいわいやっていたパブリックスクール時代のようだと懐かしくなった。そういう仲間が大人になってからも出来たらいいと願ってはいたが、もしかしたら今日がその機会なのかもしれない。

「さぁ、のんびりしているとこの後の食事の時間がなくなるよ。パートリッジ卿、水分は捕ったかい？　さっそく私とゲームをしようではないか」

ジョセフが胸を躍らせていると、いつの間にか幸謙が正との会話を終わらせていた。何か正を言い負かすとっておきでもあったのか、隣に立つ正はまるで少女のように頬を染めてそっぽを向いている。

しまった、聞き損ねたか。

舌打ちしたい思いは胸に隠して、ジョセフは幸謙と向かい合った。

「エノキ氏、よかったら私のことは、ジョセフと呼んでくれ」

「あぁ。だったら、私のことも幸謙で構わないよ」

親しくなるためのステップを試みていると、正が何か言いたげにこちらを見ている。

「正くん、だから君も私のことは幸謙と呼んでくれと前々から言っているだろう?」

そんな正に幸謙も気付いたようで、まるで取りなすように話しかけた。が、正は頑なだった。

「榎さんは私より年上ですし、私がそう呼ぶわけにはいきません。それに、ふたりが名前で呼び合うことに対して、別に何かを考えたわけでもないですし」

「意地っ張りな君も嫌いじゃないけどね。折目正しいところも。仕方ない、君とは今まで通りというわけだ。だったら、せめて気持ちくらいはもっと近しくなりたいものだね」

「っ……、さっさとゲームを始めてください!」

目元を薄ら赤らめてむきになる正に、幸謙は声を上げて笑う。

それにしても、幸謙と正はずいぶんと仲がいい。恋人である泰生と潤の父という不思議な関係性だが、息子を抜きにして普段からプライベートでも会っているらしいのだから、それだけ馬が合うのだろう。

ふたりのやり取りをジョセフも楽しく聞いていたが、それ故に正にも自分を名前で呼ぶように言うタイミングを失ってしまった。だからだろうか。正が自分に向ける視線が少しよそよそしい気がする。決して、幸謙だけと仲よくなりたいわけではないのだが。

「今度はちゃんと集中してプレーして欲しいね。よろしく頼むよ」

スポーツドリンクで水分を補給したあと、ゲームを始めようとコートの中で幸謙と握手を交わす。と、幸謙からそんな発言を受けてしまった。どうやら、先ほど正とゲームをしていたときに自分が集中出来ていなかったことは見抜いていたらしい。

やはり侮《あなど》れない……。

「さぁ、私たちの大事な友人にいいところを見せてやろうじゃないか」

ベンチに座る正を目線で暗に指しながら言う幸謙に、ジョセフは大いに奮起した。


「パートリッジ卿、そう気を落とさず。今日は調子が悪かったんだろう」

ロッカールームのベンチに座っていたジョセフに、シャツとスラックスに着替えた正が話しかけてきた。幸謙はまだシャワー中だ。いや、サウナを楽しんでいるのかもしれない。

「暑い日本へ来た疲れが出たのかもしれない。卿の実力は、私が一番知っている」

淡々とした口調だったが、正の眉の辺りには心配の気配が漂っていた。それに気付くとジョセフは恥ずかしいやら決まりが悪いやら、何とか懸命に表情を取り繕おうとする。

「失礼した。連敗するなどしばらく経験したことがなかったから、少し鍛え直すためのトレーニングを考えていたんだ。次回がもしあるのなら、私は負けない」

先ほどまで行っていたテニスのゲームで、ジョセフは正に引き続き、幸謙にも負けてしまったのだ。全敗を喫してしまい、ジョセフはしばし呆然とするほどショックだった。

確かに日本の暑さにバテているし、ここしばらく忙しくてろくにラケットも握れず練習不足は否めないが、この――イギリスでも有数のテニスクラブの理事も務めている――自分が連敗してしまうなんて、まったくの不覚である。

しかも、集中が出来ていなかった正とのゲームは負けるべくして負けたといっていいかもしれないが、幸謙相手にはジョセフもかなり本気でプレーしたのだ。惜敗ではあったけれど、負けは負け。それだけ幸謙が強かったのだが、若い頃は一時期プロテニスプレーヤーとも互角に戦ったこともあるジョセフとしては何という体たらくだと、眩暈《めまい》さえ覚えた。

「そうか。では、再戦を心待ちにしよう」

もっともらしく頷く正だが、まだ立ち去ろうとしない。不思議に思って見ると、目が合った正はうろたえたように視線をさ迷わせたが、やがて覚悟を決めたように顎を引いた。

「その、汗をかいたままでは風邪を引くのではないだろうか。早く着替えた方がいい。ここのロッカールームは空調がきついようだ」

その時になって初めて、ジョセフは自分がまだテニスウエアを着たままだったことに気付く。

なるほど、これでは心配されて当然だ。

内心苦く笑ったが、それを教えてくれた正はどうして言いづらそうだったのか不思議に思った。まるで好意を見せることがきまり悪いと言わんばかりだ。

そんなことを考えながらぼんやり正を見ていたせいだろう。正は気まずそうな顔をした。

「お節介だったな。悪い」

そう言って背を向けようとする。だから、ジョセフは慌てて呼び止めた。

「待て、待ってくれ。お節介と思ったわけではない。ただ……そう！　ハシモト氏にも私のことはジョセフと呼んでもらおうと考えていたんだ。どうだろうか？」

試合前に言いそびれたことを話すと、正は不思議そうな顔を見せる。

「パートリッジ卿は私のことが嫌いではなかったのか？」

「嫌い？　まさか。どうしてそう思われたのか不思議だが」

「しかし、毎回何かと突っかかられて――失礼、発言がいつも辛辣だったようだから……」

正のセリフに、ジョセフは自分の言動を反省した。

確かに、正に接するときはいつもアイラか潤が関係していたせいで、けんか腰になったり何かときつい言い方をしたりしてきたように思う。純粋に何の思惑もなく会話をしたのは、今が初めてなのではないか。今朝の車の中でも沈黙していたし。

そう考えると、こんな相手と親しくしたいなど思えないだろうなとがっくりした。せっかく友人になれるかもしれないと期待したのだが——そこまで考えて、ジョセフはふと気付く。

「ハシモト氏は、嫌いな相手であるにもかかわらず心配して声をかけてきたのか？」

最初の励ましの言葉にしろ、今の体調を気遣う言葉にしろ。

「別に私はパートリッジ卿を嫌ってなどいない。それに今は、パートリッジ卿の方が嫌っているのではという話なのだが？」

わずかにむっとしたような顔をする正に、あぁとジョセフは声を上げていた。いろいろ言いたいことはあるが今は何もかものみ込んで、ジョセフは人好きするはずの笑顔を作ってみせる。

「そうだったな。だが、私は君を嫌ってなどいない。ただ、ちょっといろいろあって気持ちを整理することが出来なかっただけだ。そのために君にあまりいい態度を取っていなかったようで、大変失礼した。出来れば、これからは親しくしたいと考えているが、どうだろう？」

「それはっ——…ごほん。そうだな、あなたと親しくすることは潤のためにもいいと思うから私も賛成だ」

正はすぐに頷きかけるが、勢いのよさに恥ずかしさを覚えたのかもっともらしく顔をしかめて言い直した。その反応と答えに、ジョセフは唇が緩みそうになるのを我慢する。

なるほど、タダシは少々面倒な性格なのだな。気持ちは真っ直ぐだが、それを表に出そうとするときに曲がるのだろう。不器用というか何というか。

だが——こういうタイプはジョセフは案外嫌いではなかった。いや、正直言うとじっくり付き合ってみたいタイプだ。仲を深めたらどんな顔を見せてくれるか楽しみではないか。

橋本正という人間について、確かに以前自分は敵視していた。いや、敵視に近い複雑な感情といってもいい。愛してやまないアイラの元夫なのだからある意味仕方がないだろう。過去、正はアイラを理解する努力を怠って結果ひどく傷つけた。そのことに不愉快を覚えたが、しかし正がそうしてアイラと別れなかったら自分が彼女と出会うことはなかったのだ。

今年の初め、ほぼ二十年ぶりに連絡を取ってきた正にアイラが懐かしむような顔を見せたときは、焼け棒杭《ぼっくい》に火がつくのではないかと考えたことも実はある。アイラが正を嫌って別れたわけではないと知っていたゆえに、正に会うことにはジョセフもどこか恐れを抱いていた。

だから、正に対して必要以上に警戒して言葉もきつくなっていたようだ。

だが、アイラの気持ちが揺らぐことは当然あり得ないし正の人柄を知るごとに、正に対して抱いていた敵視の感情も複雑な思いもかき消えていった。

元妻のアイラと夫である自分に対していつも誠実な態度を取ってくれるし、こちらがもどかしく感じるほどわきまえた振るまいを見せてくれる。嫌われている相手にも励ましたり気遣ったりする情の深さを持ち、しかも、それで相手が気を悪くするのではないかといらぬことまで考えてしまうのだから、ちょっと優しすぎるほどだ。

何より、愛するアイラが一度は好きになった相手だ。悪い人間であるはずがなかった。

これまで、アイラや潤のことでつい意地の悪い態度を取っていたことも反省しよう。

「では、私のことはジョセフと呼んでくれるだろうか」

改めて手を差し出して、ジョセフは親しい友人になることを求めた。正は真意を測るようにじっとジョセフを見つめたが、やがて手を伸ばしてくる。

「そうだな。ジョセフ、それでは私のことも正でいい」

ふたりで固い握手を交わした。

幸謙のときには否定した名前呼びを少し迷った上で了承したのは、自分が正より二歳年下だからだろう。だが理由は何であれ、もうひとりの友人より抜きん出られたことは誇らしい。

「では新しい友人からのアドバイスだ。そろそろ君もシャワーを浴びた方がいい。これからせっかく美味しいものを食べに行くのに、体調を崩したらことだ。それに時間もあまりないぞ」

「ありがとう。そうすることにしよう」

ジョセフも正のアドバイスを素直に受け入れることにした。ロッカールームの奥にある脱衣室への扉を開けると、なぜかそこにバスローブ姿の幸謙が壁を背に立っていた。

「――我らがアイドルは可愛いだろう」

にやにやに近い笑みを浮かべた幸謙に言われて、ジョセフは眉をひそめる。

「アイドルとは、誰のことだ？　私の妻、アイラのことか？」

「くくく。まぁ、ジョセフにとってのアイドルが奥さんだというならそれでもいいよ」

なぞなぞか何かのクイズのような言葉に、ジョセフはますます首をひねってしまった。アイドルと言われても対象がいないと思いかけ、あっと気付く。

「ジュンのことか！　ジュンは確かに愛すべき少女——いや、少年だ。なぜ笑う。違うのか？　だったら、君の息子のタイセイ……は、アイドルというよりスターかヒーローの部類だな。む、なぜ笑いが大きくなるんだ？」

ジョセフの言葉を聞いて部屋に響き渡るような大声で笑い出した幸謙に、背後の扉が開いた。どうやら、笑いはロッカールームにまで聞こえたらしい。不審そうに姿を見せたのは正だ。

「あなたたちは何をしているんだ？　ジョセフもまだテニスウエアを着たままで。予約しているランチまであまり時間もなかったのではないのか？」

「いや、幸謙が何か変なことを言うのだ——」

「おや、我らが愛すべきアイドルの登場ではないか」

こんなところで男ふたりがくだらない問答をしていることに恥ずかしさを覚えて言い訳をしかけたジョセフだが、幸謙は正の登場に待ってましたとばかりに笑みを深くした。しかもとんでもない発言をして、だ。

しかし、お陰でジョセフにも先ほど幸謙が言いたかったことがようやくわかった。

そうか、アイドルとは正のことか。なるほど、言われてみればわからなくもない。

幸謙のように親分肌の男からすれば、生き方が下手で不器用な正は放っておけないのだろう。手がかかるほど可愛いというあれだ。その気持ちはジョセフも少しはわかる。ただ——今の幸謙のように正を怒らせても構いたいという気持ちはさすがになかった。

コウケンという男も案外ひねくれた感情表現を見せる人間だったのだな。それとも、気に入った相手限定なのかもしれん。

「——何ですか、アイドルって」

目の前では、言葉に不穏な気配を感じ取った正が冷え冷えとしたオーラを纏《まと》ってゆっくり腕を組んでいる。ジョセフはどう誤魔化すべきかとハラハラして幸謙を見るが、当人は鷹揚な笑みを浮かべて動じもしなかった。

「いや、今話していたんだ。君と潤くんは、我らが愛すべき二大巨頭のアイドルだねって」

なぜ一番言ってはまずいそれを口にする——っ!?

正気を疑い、ジョセフは勢いよく幸謙を振り返る。が、横から突き刺さってきた視線に恐る恐る目を向けた。正の眦《まなじり》はさらにきりきりとつり上がっており、幸謙を見ていたきつい目でジョセフまで睨んできていたのだ。思わず、私は違うと首を振りたくなった。

「榎さんっ。どうしてあなたはいつもそう変なことを言い出すんですか。しかも、今度はジョセフまで巻き込んでくだらない話をするなど、見損ないましたよ！」

「おや、嬉しいことを言ってくれるね。これまでは私に尊敬を抱いてくれていたのかな？」

「そこは喜ぶところではないでしょうっ」

「私にとっては重要なところだよ。君の信奉者は私だったのかと思うと、嬉しくて目も眩みそ

うだからね」

「だ・れ・が、信奉者などと言いましたかっ。厚かましいにもほどがあります。しかも問題をすり替えるのもやめてください。私と潤がアイドルですって？　バカにするのもいい加減にしてください！」

最初はどうなることかと危ぶんだが、ふたりのテンポのいい会話にジョセフもいつしか聞き入ってしまっていた。が、正が最後に口にした言葉には思わず眉が動く。とっさに挙手した。

「異議ありだ。ジュンは間違いなくアイドルではないか。あんなに優しくて可愛らしい少年は滅多にいない。いるとしたらうちのユアンくらいだが、微妙にタイプは違うからな。アイラにそっくりなビスクドールのような顔も万人に愛されるべき美しさだと思うがね」

いや、幸謙と正の会話に自分も参加してみたかったのだ。パブリックスクール時代のようにくだらないことをもっともらしく仲間と議論したかった。

潤と正はアイドルたるか否か――――。

「くくく。それでは家族自慢にしかなっていないよ、ジョセフ」

「ジョセフ、あなたまで――…」

反応はそれぞれだ。特にジョセフが話に乗ってきたせいで呆れたように額に手を当てる正にしてやったりと思う。うち解けてきた証拠に見えた。

「ふむ。家族自慢？　けっこうだ」

そんなふたりにジョセフはもっともらしく頷いた。

幸謙もやがて笑いを収めて、正へと向き合う。

「しかしほら聞いただろう？　潤くんはこうして着々と信奉者を増やしているんだ。我々を魅了してやまない愛らしい美貌と性格はアイドル以外の何者でもないんじゃないかな？」

正はもう反論も出来ずに、ただただ恨めしく幸謙とジョセフを睨みつけてくる。反論すると倍の言葉が返ってくるとかとんでもない方向へと話が進んでしまうとか考えているのかもしれない。が、沈黙を守ることがベストかというと、そうではないことはジョセフにさえわかった。

「君についてもそうだよ、我らがアイドルの正くん」

何故なら幸謙がノリノリだからだ。それほど正を構うのは楽しいことなのだろう。

「私の会社にも君の信奉者がどれほどいると思う？　君の会社とのプロジェクトは終わったが、今度また何かやりましょうと言ってくる人間の多いこと。橋本社長とまた一緒に仕事がしたいとね。私としてはひっそり自分だけが愛《め》でていたいと思っていたのに、本当に妬けるよ」

パチンとウィンクまで飛び出して、正を赤面させている。慌てたように視線を逸らした正だが、動揺しているのはバレバレだ。しかも何やら感動もしたのか瞬きが早くなっている。

本当に仲がいいふたりだ。

ただ、これほどまで幸謙に気に入られている正が今は少しかわいそうな気もしてきた。

そんなことをのんびり考えていたジョセフだが、

「さらに今日またひとり信奉者を増やしたようだし。ね、ジョセフ？」

突然戦いの火中へと無理やり身を投じられてしまう。

ぎょっとした顔でこちらを振り返った正のメガネ越しの黒い瞳に見つめられると、ジョセフは自分の顔が熱くほてっていくのを意識する。

「っ……」

何たる不覚。この私が赤面するなど――っ。

思わず元凶の幸謙を睨むと、チェシャ猫のように笑われてしまった。その憎たらしい笑顔は、息子である泰生のそれと非常によく似ていた。

このコウケンという男、とんだ食わせものだっ。

「もちろん、私が一番の信奉者だということも忘れないでくれよね？」

とどめを刺すような幸謙に、正は回れ右をして脱衣室から逃げ出してしまうのだった。

Fin.

あとがき

初めまして。こんにちは。青野ちなつです。

この度は『甘美な恋愛革命』をお手にとっていただきましてありがとうございます。恋愛革命シリーズとしては十冊目、スピンオフを入れると十一冊目になります。

潤と泰生の話を書き始めたときは、こんなに長く続けられるとは思ってもいませんでした。これもひとえに応援してくださる読者さまのお陰です。本当にありがとうございます。

今回は、お祭り的なオムニバス。軽くて楽しいお話をと考えたはずなのですが、出来上がってみると本編と言っても差し支えない内容になった気がします。どうしてだろう……?

それでもそこここに（自分が）楽しいエピソードを盛り込むことは出来ました。パパ編は特に書きたいことが多すぎて、エピソードの取捨選択に悩みました。

しかしそうやって話を盛りに盛った結果、ページ数がとんでもないことになってしまい、一時はパパ編を丸ごと削るかと顔面蒼白の事態に！　最終的になんとかこうして一冊にまとめることが叶いましたが、ページの文字数ぎりぎり・文庫のページ数ぎりぎりとなってしまい、一文の中でひと文字増やしたらどこかひと文字削るという綱渡りのような改稿・校正作業になり、いつもとは違った意味で思い出深い作品になりました。

担当女史とB-PRINCE文庫の各部署の方々には大変ご迷惑をおかけしました。またご尽力いただきまして、心から御礼を申し上げます。

今回のピンナップは、八束も登場しての猫耳カチューシャエピソード。香坂あきほ先生や担当女史ときゃっきゃ盛り上がり、あっという間に出来上がったワンシーンです。あまりに萌えなエピソードだったので思わず小説として書いてしまった作品が、今月四月に発売予定の小説b-Boy五月号に掲載されますので、ぜひ読んでいただければと思います。

香坂あきほ先生には今巻もお世話になりました。ありがとうございます！

嬉しいことに、お手紙や年賀状やプレゼントなどを頂戴しております。お返事を書くことはままなりませんが、尽きせぬ感謝の思いは作品でお返ししたいと思っています。どうかご容赦ください。

最後になりましたが、ここまで読んでくださった読者の皆さま、また当作品に携わってくださったすべての方々に心から感謝を申し上げます。

また次の作品でもお目にかかれることを心より祈っております。

二〇一五年　沈丁花の咲く頃　青野ちなつ

初出一覧

ラヴァーズ・ステップ　/書き下ろし
ハッピー・サプライズ　/書き下ろし
三人のパパ　/書き下ろし

B♥PRINCE
http://b-prince.com

B-PRINCE文庫をお買い上げいただきありがとうございます。
先生へのファンレターはこちらにお送りください。

〒162-0825
東京都新宿区神楽坂6-46　ローベル神楽坂ビル5階
リブレ出版(株)内　編集部

甘《かん》美《び》な恋《れん》愛《あい》革《かく》命《めい》

発行　2015年4月7日　初版発行

著者　青野ちなつ

発行者　塚田正晃

出版企画・編集　リブレ出版株式会社

プロデュース　アスキー・メディアワークス
〒102-8584　東京都千代田区富士見1-8-19
☎03-5216-8377（編集）
☎03-3238-1854（営業）

発行　株式会社KADOKAWA
〒102-8177　東京都千代田区富士見2-13-3

印刷·製本　旭印刷株式会社

小社ホームページ　http://www.kadokawa.co.jp/

Printed in Japan
ISBN978-4-04-869358-5 C0193